·慢读吧·

花间集

高玮 编著

长江出版传媒 崇文书局

图书在版编目（CIP）数据

花间集 / 高玮编著 . -- 武汉：崇文书局，2022.7
（慢读吧）
ISBN 978-7-5403-6671-1

Ⅰ . ①花… Ⅱ . ①高… Ⅲ . ①词（文学）－作品集－中
国－古代 Ⅳ . ① I222.82

中国版本图书馆 CIP 数据核字（2022）第 060465 号

责任编辑：程　欣
封面设计：杨　艳
责任校对：董　颖
责任印刷：李佳超

花间集
HUA JIAN JI

出版发行　长江出版传媒｜崇文书局
地　　址：武汉市雄楚大街 268 号 C 座 11 层
电　　话：(027)87677133　邮政编码　430070
印　　刷：湖北新华印务有限公司
开　　本：880mm×1230mm　1/32
印　　张：8.5
字　　数：190 千
版　　次：2022 年 7 月第 1 版
印　　次：2022 年 7 月第 1 次印刷
定　　价：49.80 元

（如发现印装质量问题，影响阅读，由本社负责调换）

前　言

　　呈现在我们面前的这本《花间集》，也曾在南宋时，呈现于大名鼎鼎的诗人陆游面前。陆游读后竟哀叹不已，说前后蜀时期，天下岌岌可危，民不聊生，而士大夫们就忙着写这些香艳之词，真是可悲可叹！这样的观点并非陆游一人之所有，《花间集》从诞生到流播，一直处境尴尬。

　　在中国的文化传统里，士就是知识分子，应该"修身齐家治国平天下"。拥有了文学才华，也该用正经的形式比如诗文等，来一抒胸襟抱负。至于个人的小情小爱，则难登大雅之堂，付诸笔墨文字更要慎之又慎。

　　时间回到五代十国时期，唐朝衰亡。当中原王朝迅速更迭之时，蜀地以其得天独厚的地理优势，先后建立了前蜀、后蜀两个政权。"天府之国"物阜民丰，富庶繁华，前后蜀主在此温柔富贵之地优游卒岁，寻胜追欢、歌舞宴集的风习，在社会上广泛流行。而前后蜀主也较为重视人才与文教，于是，文学创作在这里不但没有断绝，反而繁盛了起来。其中与当时风气最为匹配的，便是用于宴乐演唱助兴的小歌词，这些小歌词，便是《花间集》的源头。而那些陪侍蜀主耽玩逸乐的文人，就是《花间集》的创作主体。

　　于是后蜀广政三年（940），卫尉少卿赵崇祚编订《花间集》，收录了温庭筠、韦庄等18位花间词派诗人的经典作品，成为中国文学史上第一部文人词总集。

配合宴乐演唱、属于流行歌曲性质的五百首花间词，主要表现的是男欢女爱、花情柳思。《花间集》中的美丽女子，多是在精美而封闭的狭小空间里生活，她们生活中唯一的亮色就是情爱相思。女子因于闺阁，她们凭窗、倚栏和侧对灯火，凄凉伤感的情景，经常发生在拂晓和薄暮，而季节最常见为暮春时分，恰好是物候更替之时。这些女子思念心上人常常以梦寐为媒、以神游为桥，于是《花间集》中可见对不同层次的情感极其细微幽深的描写。欢会时的狂热、分离时的不舍、初相思时的甜蜜，渐至久久不见的因爱生怨生恨，使得《花间集》并未停留在欲望满足的浅层次，而是由欲到情，表现出人类爱情中专注思念的忧伤寂寞之美。"诗"不仅是由欲到情迁移升华的结晶，也表征着人的情感、精神品位之高度。

除了男女情爱，《花间集》自然也还有其他类别的词作，诸如边塞题材、隐逸题材、怀古题材、宗教题材、南粤风土、农村风光、科举取士等，在花间词人的妙笔之下，也取得了相当出色的艺术造诣。

然而，《花间集》的绝大部分仍然是属于女性和爱情，在写作艳丽情词方面，十八位诗人表现出了高度的相似性，共同组成了一个"花间"派。如温庭筠词"精艳绝人"，韦庄词"凄艳入人骨髓，飞卿之流亚也"，皇甫松词"凄艳似飞卿"，薛昭蕴词"雅近韦相，清绮精艳"，牛峤词"大体皆莹艳缛丽，近于飞卿"，张泌词"时有幽艳语"，毛文锡词"尤工艳语"，牛希济词"辞藻富丽"，欧阳炯词"艳而质，质而愈艳"，和凝词"自是《花间》一大家，其词有清秀处，有富艳处，盖介乎温韦之间也"，顾夐词"五十五首，皆艳词也。浓淡疏密，一归于艳。五代艳词之上乘也"，孙光宪词"以香艳秾纤见长，亦《花间》之隽也"，魏承班词"浓艳处近飞卿"，鹿虔扆《思越人》"词虽凄丽，尚非《临江仙》之比也"，阎选词"语多侧艳，颇近温尉一派"，尹鹗词"多艳冶态"，毛熙震词"艳处、质处并近温方城。……或笔艳而凝，或体丽而清，其于五季卓然名家矣"，李珣词"不纯以婉艳为长"等，《花间集》情词之题材、语言、风格之"艳丽"，可见一斑。

而正是这样的"艳丽"，使得《花间集》饱受争议。批评者贬斥《花间集》的软弱妖媚，境界狭窄，赞颂者赞美其情真意切，精美绝伦。最有趣的是《花间集》的作者们，他们对待诗词，采取了双重标准。欧阳炯、顾夐曾作诗讽谏，牛希济曾对"忘于教化之道，以妖艳相胜"之文痛加贬斥，孙光宪曾把写作"艳词"当作"有玷厚德令名"的"恶事"看待。而当他们自己一写起歌词来，竟似乎将自己素日里的主张抛诸脑后，将这些不登大雅之堂的小歌词创作得活色生香。

于是欧阳炯为《花间集》所作的序便引起了我们的重视。面对这本很有可能会流传于后世的选本，欧阳炯倒在序言里解释得清清楚楚：《花间集》本来就不是为了行使传统意义上诗歌"经夫妇，成孝敬，厚人伦，美教化，移风俗"的伦理教化作用。《花间集》的作品，就是在酒宴歌席之上，让那些"绣幌佳人"（歌女）在"绮筵公子"面前演唱这些"清绝之词"时，更添"娇娆之态"，收到更好的演唱效果；使得那些饮酒听歌的"西园英哲"们享受到更大的快乐满足。既如此，雕琢美玉让它更为精巧，裁剪鲜花绿叶使之争鲜，对"美"的追求是多么自然的事情，花间词就必然符合文字精美、词采鲜艳的标准，这便是欧阳炯抑或是当时当地文人极力赞赏并推崇的。

除去在思想内容上的大胆叛逆，《花间集》真正在历史上留有一席之地的原因，在于它是词史发展过程中的奠基者。《花间集》萃早期词作之菁华，词体、词风均肇始于此，标志着词体已正式登上文坛，要分香于诗国了。后来宋人填词，无不奉为圭臬。两宋之世，《花间集》甚至已经成了用来互相赠送的礼物。《花间集》中温庭筠、韦庄等人的作品深刻地影响汤显祖、曹雪芹、王国维、俞平伯等众多文化名人。王国维认为包括《花间集》在内的唐、五代词皆是"生香真色"，已臻最上境界，"自成高格，自有名句"，在其《人间词话》中有多处深度解析。美学大师朱光潜将本书列为"最爱的16部古典文学"之一。"词"类选本，第一推荐《花间集》。

《花间集》号称是最被低估的一部古典文学作品，是中国文学史上最细腻最透骨的至美词作。它一度被主流的儒家文化所轻视，里面对追求爱情的细腻表达、对生活美学的充分展现，都成为儒学家们诟病的原因。然而它终究千年不衰，传诵至今……

花间集序

　　镂玉雕琼，拟化工而迥巧；裁花剪叶，夺春艳以争鲜。是以唱《云谣》则金母词清，挹霞醴则穆王心醉。名高《白雪》，声声而自合鸾歌；响遏青云，字字而偏谐凤律。《杨柳》《大堤》之句，乐府相传；《芙蓉》《曲渚》之篇，豪家自制。莫不争高门下，三千玳瑁之簪；竞富樽前，数十珊瑚之树。则有绮筵公子，绣幌佳人，递叶叶之花笺，文抽丽锦；举纤纤之玉指，拍按香檀。不无清绝之辞，用助娇娆之态。

　　自南朝之宫体，扇北里之倡风，何止言之不文，所谓秀而不实。有唐已降，率土之滨，家家之香径春风，宁寻越艳；处处之红楼夜月，自锁嫦娥。在明皇朝，则有李太白应制《清平乐》词四首。近代温飞卿复有《金筌集》。迩来作者，无愧前人。

　　今卫尉少卿字弘基，以拾翠洲边，自得羽毛之异；织绡泉底，独殊机杼之功。广会众宾，时延佳论。因集近来诗客曲子词五百首，分为十卷。以炯粗预知音，辱请命题，仍为序引。昔郫人有歌《阳春》者，号为绝唱，乃命之为《花间集》。庶以阳春之甲，将使西园英哲，用资羽盖之欢；南国婵娟，休唱莲舟之引。

时大蜀广政三年夏四月日序

镂玉雕琼：雕刻琼玉。形容词的刻画工夫。　化工：自然的造化者。　《云谣》：《白云谣》。相传穆天子与西王母宴饮于瑶池之上，西王母为天子谣，因首句为"白云在天"，故名白云谣。金母：即西王母。　穆王：即穆天子。　《白雪》：古琴曲名。传为春秋时晋国师旷所作。　鸾歌：鸾鸟鸣唱，比喻美妙的声音或歌乐。　凤律：《吕氏春秋·古乐》："听凤皇之鸣，以别十二律。"故称音律为凤律。　《杨柳》：乐府《近代曲·杨柳枝》的别称。　《大堤》：《古今乐录》："《襄阳乐》者，宋随王诞之所作也。诞始为襄阳郡，元嘉二十六年，仍为雍州，夜闻诸女歌谣，因作之。……其第一曲为：'朝发襄阳城，暮至大堤宿。大堤诸女儿，花艳惊郎目。'"　《芙蓉》《曲渚》：指南朝流行之《吴声》《西曲》。　玳瑁之簪：《史记·春申君列传》："赵平原君使人于春申君，春申君舍之于上舍。赵使欲夸楚，为玳瑁簪，刀剑室以珠玉饰之，请命春申君客。春申君客三千馀人，其上客皆蹑珠履以见赵使，赵使大惭。"比喻富贵之人。　珊瑚之树：用《世说新语·汰侈》中石崇与王恺以珊瑚树争豪之事。喻富贵。　花笺：精致华美的信笺、诗笺。古文人雅士往往自制笺纸，以标榜其高雅，不入俗流。　香檀：檀木制作的拍板。　宫体：宫体诗，指南朝梁"伤于轻艳"的诗风。　北里：唐长安平康里，因在城北，也称北里，是妓院所在地。　越艳：古代美女西施出自越国，故以"越艳"指越地美女，此处泛指美女。　弘基：《花间集》的编辑者赵崇祚，字弘基。编此集时任卫尉少卿。　西园：三国魏邺都的西园，魏文帝曹丕集文学侍从之臣游宴、赏月的地方。后来代指游宴地。　羽盖：以翠羽为饰的车盖。　莲舟之引：即《采莲曲》，乐府清商曲辞。　大蜀广政三年：后蜀年号，即公元940年。

宋 佚名 梨花鹦鹉图

● 花间集卷一

温庭筠

　　温庭筠（812—870），原名岐，字飞卿，太原祁县（今山西祁县）人。唐代诗人、词人。其词多写女子闺情，风格秾艳精巧，语言工练，清俊明快，是花间词派的代表作家，被称为花间鼻祖。现存词数量在唐人中最多，大都收入《花间集》。

菩萨蛮

　　小山重叠金明灭，鬓云欲度香腮雪。懒起画蛾眉，弄妆梳洗迟。　　照花前后镜，花面交相映。新帖绣罗襦，双双金鹧鸪。

　　小山：一谓屏山，二谓枕，三谓眉额，今以"小山屏"较胜，指屏风。　金明灭：形容阳光照在屏风上金光闪闪的样子。　香腮雪：洁白如雪的香腮。　罗襦：丝罗短袄。　金鹧鸪：罗襦上帖绣之金鹧鸪图案。

赏析
　　一幅仕女画——美人春睡图，一首歌——美丽与哀愁。词中不明言心情因离人而起，而离愁别恨已萦绕笔底，分明可见。

水精帘里颇黎枕，暖香惹梦鸳鸯锦。江上柳如烟，雁飞残月天。　藕丝秋色浅，人胜参差剪。双鬓隔香红，玉钗头上风。

颇黎：亦指水晶。　藕丝秋色浅：谓衣裳淡白如素秋之色。　人胜参差：古代风俗于正月七日（人日）剪彩为大小不等的人形，戴在头上。

赏析

"杨柳岸，晓风残月"，从此脱胎。帘内之情秾如斯，江上之芊眠如彼。深闺遥怨亦即于藕断丝连中轻轻道出。

蕊黄无限当山额，宿妆隐笑纱窗隔。相见牡丹时，暂来还别离。　翠钗金作股，钗上蝶双舞。心事竟谁知，月明花满枝。

蕊黄：古时女子化妆，常以黄色涂额，因似花蕊，故名蕊黄。　宿妆：隔夜妆饰。　金作股：指以金铸成钗之两股。钗分两股以夹发。

赏析

由蝶之双舞，睹春花之盛放，联想至人之别离，实更涵触景伤怀、惜流光而怨幽独之不尽感伤。

翠翘金缕双鸂鶒。水纹细起春池碧。池上海棠梨，雨晴红满枝。　　绣衫遮笑靥，烟草粘飞蝶。青琐对芳菲，玉关音信稀。

　　翠翘：此处指鸂鶒鸟的尾羽。　鸂鶒：水鸟名。好并游，俗称紫鸳鸯。　烟草：或谓实写春景，或谓女子绣衫之花纹图案。　玉关：玉门关。故址在今甘肃省敦煌西北。此处泛指边塞。

赏析
　　辞之深密处即其情之细腻处。一片鲜明生动的阳和春景之下，相思之人音信亦稀，思之而怨。

　　杏花含露团香雪，绿杨陌上多离别。灯在月胧明，觉来闻晓莺。　　玉钩褰翠幕，妆浅旧眉薄。春梦正关情，镜中蝉鬓轻。

　　香雪：此指杏花，亦可喻指白菊、梅花、梨花、柳絮等白色的花。　褰：撩起。

赏析
　　良辰美景，然人多离别，亦黯然也。对镜妆梳，关情断梦，"轻"字无理得妙。

　　玉楼明月长相忆，柳丝袅娜春无力。门外草萋萋，送君闻马嘶。　　画罗金翡翠，香烛销成泪。花落子规啼，绿窗残梦迷。

清 恽寿平　秋海棠图

画罗金翡翠：或言蜡灯罗罩上画有翡翠鸟图案，或言丝罗衣衫、帷幕上绣有翡翠鸟花纹。　子规：杜鹃的别称。传为蜀帝杜宇魂魄所化，叫声凄苦。

赏析

烛泪满盘，犹忆长夜惜别之景象，而窗外鸟啼花落，一霎痴迷，前情如梦。

凤皇相对盘金缕，牡丹一夜经微雨。明镜照新妆，鬓轻双脸长。　画楼相望久，栏外垂丝柳。音信不归来，社前双燕回。

凤皇：凤凰图案，指女子盛装。亦有凤凰形状香炉说。　社：社日，古时祭祀土神的日子。分春社与秋社。

赏析

作者惯用富丽物象营造一片繁华旖旎景象。一切相关情事，若隐若现于可感可触之暧昧仿佛中。

牡丹花谢莺声歇，绿杨满院中庭月。相忆梦难成，背窗灯半明。　翠钿金压脸，寂寞香闺掩。人远泪阑干，燕飞春又残。

翠钿：用翠玉制成的首饰。亦指翠靥，古代女子面饰。用绿色"花子"粘在眉心，或制成小圆形贴在嘴边酒窝处。　金压脸：

或为金靥子，点于两颊者。

赏析

春光将尽，夜色来临。月色满院，犹如相思之心洞彻天宇。逐句逐字，凄凄恻恻。

满宫明月梨花白，故人万里关山隔。金雁一双飞，泪痕沾绣衣。　小园芳草绿，家住越溪曲。杨柳色依依，燕归君不归。

金雁：或谓筝柱，或谓远人书信，今以信解为佳。　越溪：相传为越国美女西施浣纱之溪。

赏析

见梨花而忽忆故人者，"梨"字借作离别之"离"，乐府中之谐音而双关语也。实外托男女眷恋之意，内寄感士不遇之情。

宝函钿雀金鸂鶒，沉香阁上吴山碧。杨柳又如丝。驿桥春雨时。　画楼音信断，芳草江南岸。鸾镜与花枝，此情谁得知。

金鸂鶒：鸂鶒形的金钗。　沉香阁：此指女子香美的妆阁。　吴山：此处泛言吴地、江南之山。亦有指女子阁中屏风上所画之吴山。

赏析

以美艳如花之人，而独处凄寂，其幽怨深矣。"此情"句，千回百转，哀思洋溢。

南园满地堆轻絮，愁闻一霎清明雨。雨后却斜阳，杏花零落香。　无言匀睡脸，枕上屏山掩。时节欲黄昏，无憀独倚门。

liáo

屏山：曲折如山之屏风。此指枕屏。　无憀：因精神无从依托而空虚烦闷。

赏析

盖当寒食清明之际，春光明媚之时，然柳絮沾泥，落红成阵，美景亦是凄凉之景，引起伤春情绪。

夜来皓月才当午，重帘悄悄无人语。深处麝烟长，卧时留薄妆。　当年还自惜，往事那堪忆。花露月明残，锦衾知晓寒。

当午：月至午夜，高悬中天。　麝烟：焚烧麝香之烟。

赏析

静夜独卧，不禁追思往事，有不堪回忆者。起美人迟暮之伤感。结句以极婉曲之辞达之，庶几温柔敦厚之遗。

雨晴夜合玲珑日，万枝香袅红丝拂。闲梦忆金堂，满庭萱草长。　　绣帘垂箓簌，眉黛远山绿。春水渡溪桥，凭栏魂欲消。

夜合：合欢的别名。　萱草：亦称忘忧草。　箓簌(lù sù)：流苏类的穗状垂饰物。

赏析

美人见夜合萱草之盛开，不能忘忧蠲忿，反起离索之感。眼前景犹当年景，此时情即昔时情，二者交织缠绵，神承意协。

竹风轻动庭除冷，珠帘月上玲珑影。山枕隐秾妆，绿檀金凤凰。　　两蛾愁黛浅，故国吴宫远。春恨正关情，画楼残点声。

绿檀：枕之质也。凤凰：枕之纹也。　残点：古时以铜壶滴漏记时，一夜分为五更，一更分为五点。残点谓漏点将尽，天将破晓。

赏析

春恨者，春闺遥怨也。画楼残点，天将明矣，见其心事翻腾，一夜未睡，故乡既远，彼人又遥，身世萍飘，一无着落，不胜凄凉之感。

元 沈孟坚　牡丹蝴蝶图

更漏子

柳丝长，春雨细，花外漏声迢递。惊塞雁，起城乌，画屏金鹧鸪。　香雾薄，透帘幕，惆怅谢家池阁。红烛背，绣帘垂，梦长君不知。

漏声：记时铜壶滴漏之声。　谢家池阁：泛指佳人宅第。原指东晋谢氏豪门家宅，后用以指代豪华宅第。一说谢秋娘家的华美居所。

赏析

彼雨声也，漏声也，初尚隐约，不甚清晰，故着"细"字、"迢递"字，正状甫醒神志尚带模糊仿佛情况。帘垂烛背，耐尽寒凉，而君不知也。

星斗稀，钟鼓歇，帘外晓莺残月。兰露重，柳风斜，满庭堆落花。　虚阁上，倚栏望，还似去年惆怅。春欲暮，思无穷，旧欢如梦中。

钟鼓：古代击以报时之器。　虚阁：或言高阁，或言空阁。

赏析

晓莺残月中，露重风斜，落花满庭，此皆即景，以引抒情。在此景色中登楼望远，倏已经年，旧欢如梦，愁思无穷。

金雀钗，红粉面，花里暂时相见。知我意，感君怜，此情须问天。　　香作穗，蜡成泪，还似两人心意。山枕腻，锦衾寒，觉来更漏残。

金雀钗：钗头作雀形的金钗。　香作穗：香烬结出穗状下垂物。

赏析

花间欢会，情亦缠绵缱绻。当愿生生世世，情好如斯。而"腻""寒""残"三字一出，字字惊心，有如天上流星，光华最为璀璨之时，便是凋零之始。

相见稀，相忆久，眉浅淡烟如柳。垂翠幕，结同心，待郎熏绣衾。　　城上月，白如雪，蝉鬓美人愁绝。宫树暗，鹊桥横，玉签初报明。

熏绣衾：用香笼熏暖绣被。　鹊桥横：言天上银河横斜，天将破晓。　玉签：古代漏壶中的浮箭，以竹木制成，上有刻度以记时。一说报更所用的竹签。

赏析

淡扫蛾眉，挽同心结，暖香浓熏，只待郎至的心无旁骛的热忱。"愁绝"，推向如此彻底的转换，自一极到另一极，并无中间地带。

背江楼，临海月，城上角声呜咽。堤柳动，岛烟昏，两行征雁分。　　京口路，归帆渡，正是芳菲欲度。银烛尽，玉绳低，一声村落鸡。

角声：此指润州城戍军的号角声。　京口路：京口（唐润州，今江苏镇江市）一带的道路。　玉绳：星名。

赏析

就行役昏晓之景，由城内而堤边，而渡口，而村落，次第写来，不言愁而离愁自见。条理井然，景色如画。

玉炉香，红蜡泪，偏照画堂秋思。眉黛薄，鬓云残，夜长衾枕寒。　梧桐树，三更雨，不道离情正苦。一叶叶，一声声，空阶滴到明。

玉炉：香炉的美称。　画堂：泛指华丽的堂舍。

赏析

画堂之内，惟有炉香、蜡泪相对，何等戚寂。迨至夜长衾寒之时，更愁损矣。眉薄鬓残，可见辗转反侧、思极无眠。此章全以秋思离情为其骨干。

归国遥

香玉，翠凤宝钗垂簌簌。钿筐交胜金粟，越罗春水渌。　画堂照帘残烛，梦余更漏促。谢娘无限心曲，晓屏山断续。

越罗：越地所产丝织品，成衣轻柔精致。 春水渌：指衣衫颜色如春水般碧嫩。

赏析

香玉、凤钗、细筐、金粟、彩胜、越罗春衫，被精致华美物件堆砌出来的美人，住于华丽堂舍间，仍难抵无限心曲，夜夜心重难眠。

双脸，小凤战篦金飐艳。舞衣无力风敛，藕丝秋色染。 锦帐绣帏斜掩，露珠清晓簟。粉心黄蕊花靥，黛眉山两点。

小凤战篦：饰以金凤的篦梳。 粉心黄蕊：指花靥的蕊黄底色上点出红心。 花靥：古时妇女颊上用彩色涂点的妆饰。

赏析

此词犹如工笔的毫发毕见的仕女图，尤其着力于细部的渲染，因细部的膨胀而失去整体的均衡感也在所不惜。只是难免一问：美人如此盛妆，竟是为谁？

酒泉子

花映柳条，闲向绿萍池上。凭栏干，窥细浪，雨萧萧。　　近来音信两疏索，洞房空寂寞。掩银屏，垂翠箔，度春宵。

洞房：幽深的内室，多指闺房、卧房。　银屏：镶银的屏风。　翠箔：翠绿色的帘幕。

赏析

银屏翠箔丽矣，奈洞房寂寞度春宵何？一种空索寂寞之感。

日映纱窗，金鸭小屏山碧。故乡春，烟霭隔，背兰钉。　　宿妆惆怅倚高阁，千里云影薄。草初齐，花又落。燕双双。

金鸭：一种镀金的鸭形铜香炉。　兰钉：燃兰膏的灯。　宿妆：犹旧妆，残妆。

赏析

前阕写日色穿窗，到默对炉香，由外及内；后阕写倚阁怅望，由远到近，而以景结情终，含有余不尽之味。有春尽人孤之意，尚蕴藉。

楚女不归，楼枕小河春水。月孤明，风又起，杏花稀。　　玉钗斜篸云鬟髻，裙上金缕凤。八行书，千里梦，雁南飞。

清 郎世宁 双鸟图

楚女：或谓家在楚地的南国女子，或谓此句用《高唐赋》巫山神女典故，言此女子系歌妓身份。　八行书：指书信。古代信纸多一页八行，因以称书信。

赏析

风起梦驻雁南飞，所枕小河春水之潺潺流淌，亦是楚女内心之相思情怨连绵不息。午夜梦回，心随雁一起南飞。最末三句中多少层折，情词凄怨。

罗带惹香，犹系别时红豆。泪痕新，金缕旧，断离肠。　一双娇燕语雕梁，还是去年时节。绿阴浓，芳草歇，柳花狂。

赏析

此词一反先写景后抒情的通例，以直赋别情起始，写景结穴。机杼独运，情致哀怨，感慨深沉，结句"狂"字一出，将景象推向高潮。

定西番

汉使昔年离别，攀弱柳，折寒梅，上高台。　千里玉关春雪，雁来人不来。羌笛一声愁绝，月徘徊。

汉使：泛指唐朝出使边塞的使者。一说系词中女主人公之情人。　攀弱柳：折柳赠别。　折寒梅：折梅寄远，表达思念之情。

赏析

　　唐人边塞之作，大多只及征戍。此词则以奉使持节为篇旨，两节三字句，攀柳折梅，写离别之思；末两句闻笛见月，心伤之也。皆着墨不多，而怨在辞外。

　　海燕欲飞调羽，萱草绿，杏花红，隔帘栊。　　双鬟翠霞金缕，一枝春艳浓。楼上月明三五，琐窗中。

　　一枝春艳浓：谓女子妆成，艳如春花。　三五：指农历月之十五日。

赏析

　　寂寥的窗，寂寥的满月，寂寥的美人。如此良辰美景，而佳人幽居楼上，垂帘不卷，其情绪可想见矣。

　　细雨晓莺春晚，人似玉，柳如眉，正相思。　　罗幕翠帘初卷，镜中花一枝。肠断塞门消息，雁来稀。

　　花一枝：此处喻女子美貌。　塞门：边关。

赏析

　　边塞诗词或写征夫戍卒之艰辛愁苦，或写保家卫国情怀之悲愤激昂。然笔触一转，边塞只是"雁来稀"，而罗幕翠帘中的女子，在淅淅沥沥的细雨中，相思肠断。

杨柳枝

宜春苑外最长条，闲袅春风伴舞腰。正是玉人肠绝处，一渠春水赤栏桥。

宜春苑：苑囿名。　赤栏桥：长安城郊桥名。亦泛指红色栏杆的桥。

赏析

春风绿柳，所言者时也；渠水红桥，所指者地也。旧地重游，追怀往事，有不尽缠绵之意；萦想其人，有无限悲悼之情。

南内墙东御路傍，须知春色柳丝黄。杏花未肯无情思，何事行人最断肠。

南内：指唐时兴庆宫。

赏析

作者以"诗人之眼"旁观一切，他无理发问：杏花亦为有情有思之花木，行人为什么独对柳枝忧伤断肠呢？行人是谁？何事断肠？

苏小门前柳万条，毿毿金线拂平桥。黄莺不语东风起，深闭朱门伴舞腰。^{sān}

苏小：即苏小小。南朝齐时钱塘名妓。　　毿毿：垂拂纷披貌。

赏析

又一年风起春来，黄莺已不再歌唱，高门大户的庭院里，依旧歌舞升平。时光能带给人的到底是什么？装睡的人怎么都不会醒，一年又一年。

金缕毿毿碧瓦沟，六宫眉黛惹香愁。晚来更带龙池雨，半拂栏干半入楼。

香愁：此指嫔妃宫女之春愁。　　龙池雨：喻皇帝恩泽。

赏析

六宫粉黛三千，得其宠幸者有几？未若宫中墙柳，犹能沾天子之恩泽也。宫门一入，情之残缺，梦之幻灭，几成宿命。此作藉柳以写宫怨。

馆娃宫外邺城西，远映征帆近拂提。系得王孙归意切，不关芳草绿萋萋。

馆娃宫：吴宫名。春秋时吴王夫差为西施所造，或云为吴王阖闾养越美人之处。　　邺城：古地名。故址在今河北省临漳县西，河南省安阳市北。 "系得"两句：反用淮南小山《招隐士》"王孙游兮不归，春草生兮萋萋"句意，言是柳丝牵系得王孙归心急切，与萋萋芳草无关。

赏析

古人见春草而思王孙之不归，我以为王孙归意者，在此不在彼。此章推开春草，为杨柳立门户，一种深思，含蓄不尽，奇意奇调，妙有风致。

清 钱维城 山水花鸟册（其一）

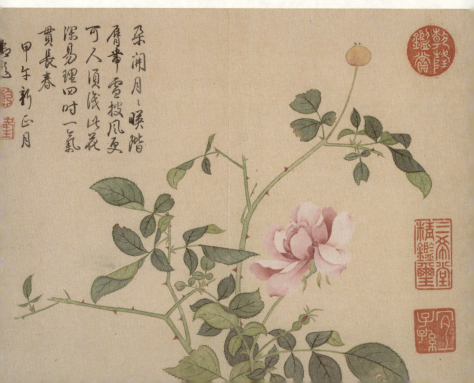

两两黄鹂色似金，袅枝啼露动芳音。春来幸自长如线，可惜牵缠荡子心。

幸自：本自，原来。　可惜：言可爱。　荡子：指辞家远出、羁旅忘返的男子。

赏析

柳若投以人的意象，该是个婀娜女子。只愿柳丝绵长，传情达意，情人的心从此牵系，天涯海角，总有归期。

御柳如丝映九重，凤凰窗映绣芙蓉。景阳楼畔千条路，一面新妆待晓风。

绣芙蓉：绣有芙蓉图案的帘帐之属。　景阳楼：南朝宫楼名。

赏析

柳树无论植在何处，皆撩动人的情思，煽动隐秘于帘帐内的欲望。晨钟响起，宣告白昼的来临，又是新的一天，又是精心妆饰的一次企盼。

织锦机边莺语频，停梭垂泪忆征人。塞门三月犹萧索，纵有垂杨未觉春。

织锦机：典出苏蕙织锦回文事。指女性的绝妙才思。

此咏塞门柳也。感莺语而伤春,却停梭而忆远,悲塞门之萧索,犹春到而不知,纵有柳亦不觉是春时,征人之情苦矣,所以少妇闺中,能无垂泪?

南歌子

手里金鹦鹉,胸前绣凤凰。偷眼暗形相。不如从嫁与,作鸳鸯。

形相:端详,打量。

赏析

象征着美好姻缘的鸳鸯,是由巧舌传情的鹦鹉,和成双成对的凤凰引起的联想。偷眼相看郎君的俏皮女子,直接表达心愿,朴实可爱。

似带如丝柳,团酥握雪花。帘卷玉钩斜。九衢尘欲暮,逐香车。

九衢:纵横交叉的道路。

赏析

如花似玉的美人,犹如暮夜里闪闪发光的瑰宝,狂蜂浪蝶逐香车而去，犹如得到藏宝图的寻宝人。只是美丽的价值亦短暂如流星，在夜空划过。

鬌_{wō}堕低梳髻，连娟细扫眉。终日两相思。为君憔悴尽，百花时。

连娟：形容眉毛弯曲而纤细。　百花时：指春天。

赏析

此首写相思。起两句，写貌；"终日"句，写情；"为君"句，承上"相思"，透进一层，如闻哽咽之音，只以"百花时"三字作结，极见深厚，低回欲绝。

脸上金霞细，眉间翠钿深。欹枕覆鸳衾。隔帘莺百啭，感君心。

金霞：指女子脸上额黄妆。　翠钿：女子眉间所饰翠色花钿。

赏析

垂下的帘幕，隔出两个迥异世界。帘幕内，盛妆美人感君心，待君意；帘幕外，未曾在词中出现的身影，却是牵系一切的决定者。词意婉娈缠绵。

扑蕊添黄子，呵花满翠鬟。鸳枕映屏山。月明三五夜，对芳颜。

扑蕊：扑蕊黄粉。　黄子：指额黄、花黄。

赏析

美人呵花，兰香氤氲，只这一个动作，整个画面就活了起来。对镜慢慢梳妆，鸳枕中缓缓相思，日子如此流水般逝去，残缺是日常。只是为何，总有月圆？

转眄如眼波，娉婷似柳腰。花里暗相招。忆君肠欲断，恨春宵。

转眄：转动目光。　相招：相邀约。

赏析

此词首句写表情，知伊人已来，状闻声而喜也；次句描姿态，以状字作动词，盖急切行来，不觉其花枝招展矣；三句述动作，连带说明环境，谓私会也。

懒拂鸳鸯枕，休缝翡翠裙。罗帐罢炉熏。近来心更切，为思君。

赏析

晨起慵懒，白日无聊，入夜意绪阑珊。女子之素习，均已渐渐废弃。女子的生命力，只系于相思，系于一人。此词层层叠进，

学古而不泥其迹此犹前辈论文之一法也溪窗
对雨写此自谓稍惬画意惜苦少有余作

清　王武　花竹栖禽图

"为思君"句总束，振起全词。

河渎神

河上望丛祠，庙前春雨来时。楚山无限鸟飞迟，兰棹空伤别离。　何处杜鹃啼不歇，艳红开尽如血。蝉鬓美人愁绝，百花芳草佳节。

楚山：专指荆山或商山。或泛指楚地之山。　兰棹：船的美称。　何处二句：言杜鹃鸟啼血不止，杜鹃花艳红如血。极写离别之愁苦。

赏析

迎神曲中的哀怨。神庙楚山，春雨兰棹，皆有相离的哀伤。杜鹃啼不尽相思，花亦伤情。偶见人影，亦是"愁绝"。末又以佳节收束，无端凄艳。

孤庙对寒潮，西陵风雨萧萧。谢娘惆怅倚兰桡，泪流玉箸千条。　暮天愁听思归乐，早梅香满山郭。回首两情萧索，离魂何处飘泊。

西陵：西陵峡。长江三峡之一。　谢娘：此指伤别之女子。　兰桡：兰木船桨，代指船。　思归乐：或谓乐曲名；或谓杜鹃鸟的别名，其鸣声近似"不如归去"。

赏析

起笔苍茫有神韵。天地一片萧瑟的水墨画卷中，惆怅的女子的眼泪，浸湿了画卷，增添了墨色。离愁别恨太久，相思渐成绝望。成功的水墨画卷，情景交融。

铜鼓赛神来，满庭幡盖徘徊。水村江浦过风雷，楚山如画烟开。　　离别橹声空萧索，玉容惆怅妆薄。青麦燕飞落落，卷帘愁对珠阁。

过风雷：或谓迎神之车行过江边水村，声势如风雷滚滚；或谓实写赛神时天降雷雨。

赏析

宗教活动的本质之一就是求得自然界与人类社会的阴阳平衡。山与水、风与雷，无不激荡起阴阳融合的欲念。然而笔触一转，离别惆怅，卷帘珠阁。

女冠子

含娇含笑，宿翠残红窈窕。鬓如蝉，寒玉簪秋水，轻纱卷碧烟。　　雪胸鸾镜里，琪树凤楼前。寄语青娥伴，早求仙。

秋水：形容玉簪有如秋水的清碧之色。　　碧烟：形容女冠行走时，拖曳轻纱衣裾犹如绿烟飘卷。　琪树：玉树。比喻亭亭玉立的女冠。　凤楼：传说中萧史、弄玉居住的楼阁。此指道观。　青娥：美丽的少女。

赏析

绮语撩人，丽而秀，秀而清，清而能炼。仙骨珊瑚，知非凡艳。幽闲之情，浪子风流，艳词发之，始饶幽艳凄迷之致。

霞帔云发，钿镜仙容似雪，画愁眉。遮语回轻扇，含羞下绣帏。　玉楼相望久，花洞恨来迟。早晚乘鸾去，莫相遗。

钿镜：金玉镶嵌之妆镜。　愁眉：一种细而曲折的眉妆。

赏析

意欲成仙的女冠，总觉是误入人间。那么红尘间，最后让她沉溺、情思缱绻的又会是什么？她珍视眼前短暂的欢聚，意欲圆尽人间情缘。

玉蝴蝶

秋风凄切伤离，行客未归时。塞外草先衰。江南雁到迟。　芙蓉凋嫩脸，杨柳堕新眉。摇落使人悲，断

肠谁得知。

行客：旅客，出门在外之人。　芙蓉二句：比喻女子之花颜憔悴，无心妆扮。

赏析

情人伤别，美人迟暮，游子思归，士之未遇。人之伤怀空寂，无论形式之差异万千，无非都是美好之凋零，希望之落空，犹如秋风之凄切中，万物衰败萧瑟。

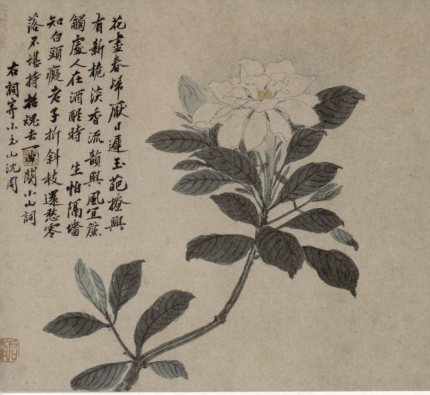

花盡春端厭日遲玉范撐興
有新梔淡香流韻興風宜簾
觸處人在酒醒時
生怕隔墻
知白頭癡老子折斜枝還愁零
落不堪持拈魂去 閒小山詞

右詞寄小玉山沈周

明 沈周 卧游图册（其一）

● 花间集卷二

温庭筠

清平乐

上阳春晚，宫女愁蛾浅。新岁清平思同辇，争奈长安路远。　　凤帐鸳被徒熏，寂寞花锁千门。竞把黄金买赋，为妾将上明君。

上阳：唐宫殿名。唐玄宗时常谪宫人于此。　同辇：与天子同车。　黄金买赋：典出汉司马相如《长门赋序》："孝武皇帝陈皇后，时得幸，颇妒。别在长门宫，愁闷悲思。闻蜀郡成都司马相如天下工为文，奉黄金百斤为相如、文君取酒，因于解悲愁之辞。而相如为文以悟上，陈皇后复得亲幸。"

赏析

宫怨词。失去主体性的女子，上阳宫中。人生的唯一企盼是同辇，顾不得同辇行径背后的喻义；也只能向外求，金钱或是丽赋，都为了重回可以寄居的巢穴。

洛阳愁绝，杨柳花飘雪。终日行人恣攀折，桥下流水呜咽。　　上马争劝离觞，南浦莺声断肠。愁杀平原年少，回首挥泪千行。

南浦：代指送别之地。　平原：或指战国赵邑名，或指平原侯曹植。

赏析

上三句说杨柳，下忽接"桥下流水呜咽"六字，正以衬出折柳之悲，水亦为此呜咽。如此着墨，有一片神光，自离自合。

遐方怨

凭绣槛，解罗帏。未得君书，断肠潇湘春燕飞。不知征马几时归。海棠花谢也，雨霏霏。

绣槛：雕饰华美的栏杆。　潇湘：湘江与潇水的并称。多借指今湖南地区。

赏析

词中有以情语结者，有以景语结者。景语含蓄，较情语尤有意味。作者此篇即用景结语，神致宛然。春燕飞，花雨漫天，对此茫茫，百端交集。

花半拆，雨初晴。未卷珠帘，梦残惆怅闻晓莺。宿妆眉浅粉山横。约鬟鸾镜里，绣罗轻。

半拆：半开也。　　宿妆句：宿妆淡褪，眉色轻浅，露出粉底。

赏析

　　花半开半闭，雨与晴日交替。交割的画面里，总有些什么要呼之欲出，却未曾言明。人在梦与醒之间，妆容亦是半残半留，镜里镜外，明与暗。辗转缠绵。

诉衷情

　　莺语，花舞，春昼午。雨霏微。金带枕，宫锦，凤凰帷。柳弱蝶交飞，依依。辽阳音信稀，梦中归。

　　凤凰帷：用织有凤凰图案的宫锦裁制的帷幕。　　辽阳：为东北边防要地。

赏析

　　节拍短促的作品，句断而意思辗转相成，节愈促，词愈婉。通篇明艳，不恃叮短，末尾入情凄绝，亦不着迹。

思帝乡

　　花花，满枝红似霞。罗袖画帘肠断，卓香车。回面共人闲语，战篦金凤斜。唯有阮郎春尽，不归家。

罗袖：罗衫之袖，指词中女子。　战篦句：言女子转脸与人闲话时，发鬓上的篦梳轻颤，凤钗微斜。　阮郎：阮肇，代指女子情郎。

赏析

女子看到满树繁花，花无百日红，女子感叹红颜薄命，为之肠断。此时转头与人闲话，"回面"二字极细腻，不再面对花红将落的场景，不再面对阮郎春尽不归家的现实。

梦江南

千万恨，恨极在天涯。山月不知心里事，水风空落眼前花。摇曳碧云斜。

赏析

触绪生愁，彼山月、彼水风、彼花树，其照耀、其吹拂、其摇曳、其流、其斜，皆化作有情之象也。哀绝万端而不失其娴雅之态。低细深婉，情韵无穷。

梳洗罢，独倚望江楼。过尽千帆皆不是，斜晖脉脉水悠悠。肠断白蘋洲。

斜晖：傍晚西斜的阳光。　白蘋洲：长满白蘋的江边洲渚。
此指思妇所在地，或亦当初分别之处。

赏析

　　自晓妆罢，至日晡时，千帆过尽，不见归舟，可见凝望之久，
凝恨之深。眼前但有脉脉斜晖，悠悠绿水，江天极目，情何能已。
此词空灵疏荡，别具丰神。

河传

　　江畔，相唤，晓妆鲜，仙景个女采莲。请君莫向那
岸边，少年。好花新满舡。　　红袖摇曳逐风暖，垂玉腕。
肠向柳丝断。浦南归，浦北归，莫知。晚来人已稀。

赏析

　　莲花与采莲女，柳丝江畔，初夏暖风。本就是一幅青春娇艳，
花好人丽的绝美画卷。奈何情人不知归期，于是心情与天光一同
黯淡。破诗为词的代表作品。

　　湖上，闲望。雨萧萧，烟浦花桥路遥。谢娘翠娥愁
不销，终朝。梦魂迷晚潮。　　荡子天涯归棹远，春已晚。
莺语空肠断。若耶溪，溪水西，柳堤。不闻郎马嘶。

　　翠娥：即翠蛾，指女子细长黛眉。　若耶溪：溪名。传为西
施浣纱之所。此指女子所居之所。

赏析

烟雨模糊，是望中景色；眉锁梦迷，是望中愁情。水上望归，而归棹不见。堤上望归，而郎马不嘶。前人评"直是化境"。

同伴，相唤。杏花稀，梦里每愁依违。仙客一去燕已飞，不归。泪痕空满衣。　　天际云鸟引晴远，春已晚，烟霭渡南苑。雪梅香，柳带长，小娘，转令人意伤。

仙客：仙人。此指女子情郎。　　小娘：少女。

赏析

此言郎之远行，如鹤之去，燕之飞也。梅，早春开花；柳带长，暮春时也。此言自早春，盼到暮春也。寻常相思，却描摹的高华秀美，良不易得。

蕃女怨

万枝香雪开已遍，细雨双燕。钿蝉筝，金雀扇，画梁相见。雁门消息不归来，又飞回。

香雪：白色的花。或指杏花。　　雁门：雁门关的简称，长城主要关口之一。此处指远戍征人。

赏析

此词结构绝佳。主辞为"双燕",至"细雨"句时点出;筝与扇,隔而不断,至画梁相见,人燕关合,惊鸿一瞥;后忽还说雁门消息,仍从燕子联想而来;结句"又飞回"三字,轻轻一拨,袅袅余音,情痴意怨。

碛南沙上惊雁起,飞雪千里。玉连环,金镞箭,年年征战。画楼离恨锦屏空,杏花红。

碛南:大漠之南。 金镞箭:饰以金箭头之箭。常用为信契。

赏析

此词起二语,借惊雁以寄怀,有力如虎。后红杏锦屏,是作者惯用物,得玉环金箭而洗净凡艳,不尽陈套矣。

荷叶杯

一点露珠凝冷,波影,满池塘。绿茎红艳两相乱,肠断,水风凉。

赏析

一粒荷珠,一点凝聚的冷,因风摇荡,滴落水面,泛起重重波影。故"风"字系乎血脉,"冷"字关合精神。融景入情,俱化空灵。

镜水夜来秋月，如雪，采莲时。小娘红粉对寒浪，惆怅，正相思。

镜水：镜湖水。在今浙江省绍兴市内。　红粉：红妆。

赏析

秋月初上，月光似雪。秋凉如水，夜静湖深。少女心思最深处，也正泛着相思的波浪。与湖面波浪相应，敲打心扉，激荡人心。此词小品清供，亦有韵致。

楚女欲归南浦，朝雨，湿愁红。小舡摇漾入花里，波起，隔西风。

愁红：或谓雨水沾湿的荷花，或喻女子的愁容。　西风：秋风。

赏析

楚女欲归之际，朝雨打湿了红色的荷花，这荷花也为情人的离别而忧愁。相见为西风所隔，情思为西风所不能隔，恨别与怅惘相交织的感情显而易见。

清 恽寿平　卷丹图

皇甫松

　　皇甫松，生卒年不详。松一作嵩，字子奇，自号檀栾子，睦州新安（今浙江淳安）人。工诗词，亦擅文。然久试不第，终生未仕。

天仙子

　　晴野鹭鸶飞一只，水蕨花发秋江碧。刘郎此日别天仙，登绮席，泪珠滴，十二晚峰高历历。

水蔌：水草名，花红色或白色。　刘郎：此处应为自指。　天
仙：指情人。　十二晚峰：指巫山十二峰。有楚王在此艳遇巫山
神女的传说。

赏析

此词缘题而赋，咏天台神女事，就题发挥。托意仙缘，实叙
艳遇，抒写情人之间难舍难分的场景，情景交融，妙合无痕。前
人评"搜语幽芳，酷如李贺。"

踯躅花开红照水，鹧鸪飞绕青山觜。行人经岁始归
来，千万里，错相倚，懊恼天仙应有以。

踯躅：杜鹃花别名。　山觜：犹山口。

赏析

以仙遇说人事。痴情缠绵的惆怅，恒久空等的悲哀，化成青
山绿水、花红鸟飞的美景也无法驱散的哀怨。无一字不警快可喜。

浪淘沙

滩头细草接疏林，浪恶罾舡半欲沉。宿鹭眠鸥飞
旧浦，去年沙觜是江心。

罾舡：渔船。罾指渔网。　沙觜：突出水中之沙岸，形似鸟嘴，
故名。

赏析

此词借江水骤变，以寄慨人世沧桑。桑田沧海，一语破尽。蓬莱水浅，东海扬尘，岂是诞语。红颜变成白发，美少女化为鸡皮老翁，感慨系之矣！

蛮歌豆蔻北人愁，蒲雨杉风野艇秋。浪起鸂鶒眠不得，寒沙细细入江流。

蛮歌：南方少数民族的歌谣。　蒲雨杉风：挟带草木气息的风雨。　鸂鶒：水鸟名。

赏析

风雨扁舟，浪惊沙鸟。北人羁旅之愁，异地难眠。水中沙，亦是胸中意，自有去处，却身心不能合一。前人谓此首有受逸畏讥之意，寄托遥深。

杨柳枝

春入行宫映翠微，玄宗侍女舞烟丝。如今柳向空城绿，玉笛何人更把吹？

赏析

昔日贞观盛世，玄宗曾调教宫女子数百人为梨园弟子。一时闹热，乐声悠扬。如今杨柳又青，玉笛犹在，然曲终人散城空。寓历史兴亡感于春色中。

烂漫春归水国时，吴王宫殿柳丝垂。黄莺长叫空闺畔，西子无因更得知。

赏析

以吴王宫柳着眼，柳亦有情，以一双智慧之眼默观时局变化，曾见过夫差与西施情好，也见了夫差败、吴国亡、西施离去。此谓无理之笔，有情之意。

明 陈淳 园林花卉图册（其一）

摘得新

酌一卮^{zhī}，须教玉笛吹。锦筵红蜡烛，莫来迟。繁红一夜经风雨，是空枝。

卮：酒器，容量四升。　繁红：繁花。

赏析

清景一失，如追亡逋。此有来日苦短，秉烛夜游之意。盖花无久红，人不长少，垂念到此，可不及时行乐耶？此词虽侧艳而不淫靡，情调低沉。

摘得新，枝枝叶叶春。管弦兼美酒，最关人。平生都得几十度，展香茵。

摘得新：唐教坊曲名，用为词调。或指摘得鲜花。　香茵：美艳的香褥。

赏析

词以含蓄为佳，亦有不妨说尽者。语浅意深而不病其直者，格高故也。此词敲醒世人蕉梦，有达观之见。

梦江南

兰烬落，屏上暗红蕉。闲梦江南梅熟日，夜船吹笛雨萧萧，人语驿边桥。

赏析

此首写梦境，情味深长。闺中深夜，烛花已落，屏画已暗，人亦渐入梦境。梦江南梅熟，梦夜雨吹笛，梦驿边人语，情景逼真，欢情不减。然今日空梦当年之乐事，则今日之凄苦，自在言外矣。

楼上寝，残月下帘旌。梦见秣陵惆怅事，桃花柳絮满江城，双髻坐吹笙。

秣陵：即金陵，今江苏省南京市。 双髻：少女发式，指代少女。

赏析

深夜景象，室外之残月下帘。梦中事，梦中景色，梦中欢情，皆灵动美妙。时序笋接，人物映照，环联璧合。小令着字不多，犹能丰盈腴美。

采莲子

菡萏香连十顷陂举棹，小姑贪戏采莲迟年少。晚来弄水船头湿举棹，更脱红裙裹鸭儿年少。

十顷陂：十顷荷塘。 举棹：唱词时众人相和之声。下文"年少"等同此。

赏析

写采莲女子之生活片段，非常生动，读之如见电影镜头，闺中少女放逐天地间，则自由活泼，稚憨可爱。人情中语，体贴工致。

船动湖光滟滟秋举棹，贪看年少信船流年少。无端隔水抛莲子举棹，遥被人知半日羞年少。

赏析

此首写隔水抛莲，"半日羞"三字，体贴入微，不独憨态，兼之心事。写江南儿女嬉戏游乐及追求爱情的活泼娇憨情态，清新自然，直如天籁。

韦庄

韦庄（约836—910），字端己，长安杜陵（今陕西省西安市附近）人。晚唐诗人、词人，五代时前蜀宰相。韦庄与温庭筠同为"花间派"代表作家，并称"温韦"。其诗多以伤时、感旧、离情、怀古为主题；其词多写自身的生活体验和上层社会之冶游享乐生活及离情别绪，善用白描手法，词风清丽。

浣溪沙

清晓妆成寒食天，柳球斜袅间花钿。卷帘直出画堂前。　　指点牡丹初绽朵，日高犹自凭朱栏。含颦不语恨春残。

柳球：弯柳枝为球形之头饰。古俗清明日妇女有戴柳之俗。　花钿：用金翠珠宝制成的花形首饰。

赏析

少女情切怜花，卷帘直出，可见其急切之意。后流连盘桓不舍离去，又因牡丹之开谢，光景之推移，而感韶华之易逝。无限伤春之意！

欲上秋千四体慵，拟交人送又心忪。画堂帘幕月明风。　　此夜有情谁不极，隔墙梨雪又玲珑。玉容憔悴惹微红。

送：推送秋千。　心忪：内心惊恐。　不极：不尽。　梨雪：梨花如雪。

赏析

写女儿情态，小有意致。四肢慵倦，欲荡秋千，苦无气力，心又虚怯。与弱质相对的，是情之无尽，见梨花洁白晶明，花心微红，暗喻少女芳心。

惆怅梦余山月斜，孤灯照壁背窗纱。小楼高阁谢娘家。　　暗想玉容何所似，一枝春雪冻梅花。满身香雾簇朝霞。

赏析

夜深梦醒，山月斜照，孤灯相伴，正是怀人之时，内心惆怅。梅花春雪，香雾朝霞，不独写美人容貌，亦极状美人标格。象征手法，可云高绝。

绿树藏莺莺正啼，柳丝斜拂白铜堤。弄珠江上草萋萋。　　日暮饮归何处客，绣鞍骢马一声嘶。满身兰麝醉如泥。

白铜堤：堤名。在今湖北襄阳。　弄珠江：指某江。典出《文选》东汉张衡《南都赋》："游女弄珠于汉皋之曲"。

赏析

春草暖风，柳丝轻拂，人的欲望同万物一起生长。踏青的一日，冶游的一日，狂与艳并，酒与色浓。只是越为繁华欲念所裹挟，越无法填平心之沟壑。

夜夜相思更漏残，伤心明月凭栏干。想君思我锦衾寒。　咫尺画堂深似海，忆来唯把旧书看。几时携手入长安。

赏析

从己之忆人，推到人之忆己，对面着笔妙甚，好声情。曲而能达，句法亦新。又从相忆之深，推到相见之难。文字全用赋体白描，不着粉泽，而沉哀入骨，宛转动人。

菩萨蛮

红楼别夜堪惆怅，香灯半卷流苏帐。残月出门时，美人和泪辞。　琵琶金翠羽，弦上黄莺语。劝我早归家，绿窗人似花。

宋 佚名 桃花山鸟图

流苏帐：缀饰彩穗的帷帐。　　金翠羽：琵琶上之饰物。或谓指镶金点翠为饰的捍拨。

赏析

天将晓，犹未别，不便言说，以音乐劝我早归。记美人琵琶之妙，美人别时言语。前事历历，思之惨痛，而欲归之心，亦愈迫切。

人人尽说江南好，游人只合江南老。春水碧于天，画船听雨眠。　　垆边人似月，皓腕凝霜雪。未老莫还乡，还乡须断肠。

垆边句：指酒家女美艳如月。此以卓文君喻酒家女子。　　凝霜雪：喻双腕肤白似以雪凝成。

赏析

此词作时，天下丧乱，惟有羁滞江南平静，以待终老。然而江南纵好，我仍思还乡，但若还乡，目击离乱，只令人断肠。情意宛转，哀伤之至。

如今却忆江南乐，当时年少春衫薄。骑马倚斜桥，满楼红袖招。　　翠屏金屈曲，醉入花丛宿。此度见花枝，白头誓不归。

红袖：代指美女。　　花丛：此指娼家。

此首陈不归之意。语虽决绝，而意实伤痛。春衫纵马、红袖相招、花丛醉宿、翠屏相映，皆江南乐事也。词言江南之乐，则家乡之苦可知。

劝君今夜须沉醉，樽前莫话明朝事。珍重主人心，酒深情亦深。　须愁春漏短，莫诉金杯满。遇酒且呵呵，人生能几何。

春漏：春夜的更漏，代指大好时光。　莫诉：勿辞，不要推拒。

赏析

以风流蕴藉之笔调，写沉郁潦倒之心情。人之待我既如此其厚，即欲不强颜欢笑，亦不可得矣。此章醉后口气，故通脱而不凝炼。

洛阳城里春光好，洛阳才子他乡老。柳暗魏王堤，此时心转迷。　桃花春水渌，水上鸳鸯浴。凝恨对残晖，忆君君不知。

洛阳才子：原指西汉洛阳人贾谊。此系韦庄自指。　魏王堤：洛阳名胜之一。

赏析

韦庄奉使入蜀，蜀王羁留之，重其才，举以为相，欲归不得，不胜恋阙之思。此词怨而不怒，无限低回，言君门万重，不知羁臣恋主之忧也。

归国遥

春欲暮，满地落花红带雨。惆怅玉笼鹦鹉，单栖无伴侣。　　南望去程何许，问花花不语。早晚得同归去，恨无双翠羽。

赏析

春日即将逝去，诗人怕面对希望又将落空的一年，于是格外惋惜春逝。试与落花沟通，发无端之问，花之沉默，乃诗人内心无望之投射。

金翡翠，为我南飞传我意。罨（yǎn）画桥边春水，几年花下醉。　　别后只知相愧，泪珠难远寄。罗幕绣帏鸳被，旧欢如梦里。

金翡翠：毛色翠绿相间的翠鸟。　罨画：色彩鲜明的绘画。此处形容春水如画。

赏析

留蜀后思君之辞。时中原鼎沸，欲归未能，惓惓故国之思，最耐寻味。托飞鸟以通词，别后知愧，其情亦可哀。语极朴拙而情致极深者也。

春欲晚，戏蝶游蜂花烂漫。日落谢家池馆，柳丝金缕断。　睡觉绿鬟风乱，画屏云雨散。闲倚博山长叹，泪流沾皓腕。

云雨：典出宋玉《高唐赋》序中楚襄王梦与巫山神女相会的事。后世因以云雨喻指男女合欢。

赏析

留连光景，惆怅自怜，盖亦易飘扬于风雨者。韦庄写歌姬妓女，与专写欲望者有别，呈现出一种情感的葛藤，深入浅出，心曲毕吐。

应天长

绿槐阴里黄莺语，深院无人春昼午。画帘垂，金凤舞，寂寞绣屏香一炷。　碧天云，无定处，空有梦魂来去。夜夜绿窗风雨，断肠君信否。

赏析

绿槐阴里是静，黄莺语是动，愈动愈静。帘外之静，帘内之寂。深院莺语，绣屏香袅，其境幽绝。然而人心思动，相思深切。最末，言风雨断肠，更觉深婉。

别来半岁音书绝，一寸离肠千万结。难相见，易相别。
又是玉楼花似雪。　　暗相思，无处说，惆怅夜来烟月。
想得此时情切，泪沾红袖黦。

烟月：烟晕笼月。　红袖黦：红袖上的泪渍。

赏析

红袖生黦，可见经常为泪痕所沾染。所以相思是常态，情至
深处，泪眼婆娑，愁肠百结，竟也成生活日常。信笔直书，方无痕迹。

荷叶杯

绝代佳人难得，倾国，花下见无期。一双愁黛远山
眉，不忍更思惟。　　闲掩翠屏金凤，残梦，罗幕画堂空。
碧天无路信难通，惆怅旧房栊。

思惟：思量，念想。　翠屏金凤：绿屏风上绘有金凤图案。　房
栊：泛指房屋。

赏析

韦庄擅绘伊人妩媚，多用舌端唇齿音字，以及双声叠韵。当
是一别音容，神驰梦想，曩日偎依娇憨的情态，凝聚成这时音韵

的轻盈。

记得那年花下，深夜，初识谢娘时。水堂西面画帘垂，携手暗相期。　惆怅晓莺残月，相别，从此隔音尘。如今俱是异乡人，相见更无因。

水堂：临水的厅堂。

赏析

此词伤今怀昔，亦是纯用白描，自"记得"以下直至"相别"，皆回忆当年之事。"从此"三句，陡转相见无因之恨，沉着已极，读之令人一唱三叹。

清平乐

春愁南陌，故国音书隔。细雨霏霏梨花白，燕拂画帘金额。　尽日相望王孙，尘满衣上泪痕。谁向桥边吹笛，驻马西望销魂。

南陌：南边的道路。泛指南边郊野。　王孙：泛指贵族子弟，亦为对人之尊称。此处实为思乡之游子。

赏析

客居在外，蜀地虽千般好，难解离忧，"尽日"一出，知思乡不限一时一刻；"满"字一现，知悲戚之情不只一分一毫。末句游子西望剪影，笔调灵婉，余韵无穷。

野花芳草，寂寞关山道。柳吐金丝莺语早，惆怅香闺暗老。　罗带悔结同心，独凭朱栏思深。梦觉半床斜月，小窗风触鸣琴。

关山道：代指远人所行处。　结同心：同心结。用锦带打成连环回文结。表示男女相爱。

赏析

起笔冷，清绝孤冷。其言悔结同心，倚阑深思者，身仕蜀朝，欲退不可，徒费深思，迨梦觉而风琴触绪，斜月在窗，写来悲楚欲绝。其声情绵邈，设色隽美。

何处游女，蜀国多云雨。云解有情花解语，窣地绣罗金缕。　妆成不整金钿，含羞待月秋千。住在绿槐阴里，门临春水桥边。

花解语：喻指美女善解人意。　窣地：拂地。

赏析

此作中女妓的存在正是羁旅男子的温柔乡。有情解语，是心灵的慰藉；雕饰的美丽，是悦目的存在。女子不大有礼仪的约束，孟浪天真，一片风光旖旎。

莺啼残月，绣阁香灯灭。门外马嘶郎欲别，正是落花时节。　　妆成不画蛾眉，含愁独倚金扉。去路香尘莫扫，扫即郎去归迟。

金扉：装饰华贵的门。　香尘：尘土之美称，多指女子步履而起者。

赏析

情与时会，倍觉其惨。下阕讲离别之后，女子嘱咐使女莫扫门下香尘，写当时迷信，恐打扫后行人将无归期。痴语愈见真情。

望远行

欲别无言倚画屏，含恨暗伤情。谢家庭树锦鸡鸣，残月落边城。　　人欲别，马频嘶，绿槐千里长堤。出门芳草路萋萋，云雨别来易东西。不忍别君后，却入旧香闺。

谢家：此处指心爱女子居所。　边城：临近边地的城市。

赏析

相爱相离，暗恨无言，惟有鸡鸣马嘶，道得心中二三事。去途悠长，喻归期难定。芳草萋萋，言相思无穷尽。结句"不忍"二字读来惊心。

清 恽寿平 桃花图

● 花间集卷三

韦庄

谒金门

春漏促，金烬暗挑残烛。一夜帘前风撼竹，梦魂相断续。　　有个娇饶如玉，夜夜绣屏孤宿。闲抱琵琶寻旧曲，远山眉黛绿。

春漏：春夜之滴漏。　金烬：灯烛的灰烬。

赏析

春夜和暖，本是好睡时分。然愁多方觉夜长，故觉漏声催促，一夜风声。琵琶本可打发时光，然而旧曲响起，物是人非，徒增烦恼。末句耐人寻味。

空相忆，无计得传消息。天上常娥人不识，寄书何处觅。　　新睡觉来无力，不忍把伊书迹。满院落花春寂寂，断肠芳草碧。

把伊书迹：拿起她的书信看。

赏析

相传韦庄以才名寓蜀，王建割据，遂羁留之。韦庄有宠姬，资质艳丽，兼善词翰。王建闻之，强庄夺去。因为此作，情意凄怨，人相传播，盛行于时。姬后传闻之，遂不食而卒。亦有悼亡一说。

江城子

恩重娇多情易伤。漏更长，解鸳鸯。朱唇未动，先觉口脂香。缓揭绣衾抽皓腕，移凤枕，枕潘郎。

口脂：唇膏。　潘郎：晋人潘岳因貌美，为妇人爱慕。此处代指情人。

赏析

全篇摹画乐境而不觉其流连狼藉，白描笔法，脱离了富贵秾艳与轻薄，临空着笔，兴会闲畅，深入浅出，心曲毕吐。

髻鬟狼籍黛眉长。出兰房，别檀郎。角声呜咽，星斗渐微茫。露冷月残人未起，留不住，泪千行。

檀郎：晋人潘岳，字安仁，小字檀奴，姿仪秀美，后人以檀郎、潘安、潘仁等代称美男子。此指情人。

赏析

描写顽艳，情事如绘。向人枕畔着衣裳，情景尔尔。乍欢乍离，最难将息。"留不住"三字最是动人。前人评运密入疏，寓浓于淡。艳而有骨，韦庄之风度。

河传

何处，烟雨，隋堤春暮，柳色葱茏。画桡金缕，翠旗高飐香风，水光融。　青娥殿脚春妆媚，轻云里，绰约司花妓。江都宫阙，清淮月映迷楼，古今愁。

隋堤：隋炀帝时沿通济渠、邗沟河岸修筑的御道，道旁植杨柳，后人谓之隋堤。　青娥殿脚：隋炀帝乘龙舟游江都，强征民间十五六岁的女子五百人，为其牵挽彩缆，称为殿脚女。　司花妓：为隋炀帝持花的女子。　江都：隋炀帝行宫所在地。故址在今江苏省扬州市。　迷楼：隋炀帝所建楼阁名。故址在今江苏省扬州市西北郊。

赏析

《河传》一调，炀帝开运河所制之劳歌也。此首仍用本意。全词以"何处"领起，而以"古今愁"三字结之，化实为空，以盛映衰，笔极宕动空灵。"清淮月映"句，感慨一时，涕泪千古。

春晚，风暖，锦城花满，狂杀游人。玉鞭金勒，寻胜驰骤轻尘，惜良晨。　　翠娥争劝临邛酒，纤纤手，拂面垂丝柳。归时烟里，钟鼓正是黄昏，暗销魂。

锦城：故址在今四川成都南。　临邛酒：代指美酒。用卓文君当垆卖酒典故。

赏析

此词极言蜀中只好。暮春花满城，足以让游人兴奋至极。蜀中美人美酒，生活闲适。"归时烟里"三句，尤极融景入情之妙。然而为何销魂？耐人寻味。

锦浦，春女，绣衣金缕，雾薄云轻。花深柳暗，时节正是清明，雨初晴。　　玉鞭魂断烟霞路，莺莺语，一望巫山雨。香尘隐映，遥见翠槛红楼，黛眉愁。

赏析

蜀地蜀女之春愁。春衫轻裹，雨乍停，而心思不能宁静。见烟霞起，念云雨情，欲说还休。一片愁绪，掩映于香尘间，春色里。

天仙子

怅望前回梦里期，看花不语苦寻思。露桃花里小腰肢，眉眼细，鬓云垂，唯有多情宋玉知。

赏析

席间应酬之作。歌女曾经被赞叹而今无人欣赏的美，惧怕犹如花色之凋零，心思怅然，只能穿越时空，幻想在遥远的异代，尚有知音的存在。一片悲凉。

深夜归来长酩酊，扶入流苏犹未醒。醺醺酒气麝兰和。惊睡觉，笑呵呵，长道人生能几何。

流苏：即流苏帐。　麝兰：麝香与兰草香气。

赏析

自妇人眼中，见醉公子狂奴故态，一泄无余，憨态如掬。当酒气与房间内熏香气味融和之时，汤显祖评：有此和法，便不觉其酒气，虽烂醉如泥，受用矣。

蟾彩霜华夜不分，天外鸿声枕上闻。绣衾香冷懒重薰。人寂寂，叶纷纷，才睡依前梦见君。

蟾彩：月光。俗传月中有蟾蜍，故称月为蟾。　香冷：薰香的绣被已冷。

明 张纪 人面桃花图轴

月冷霜严，雁啼月落，写长夜见闻之凄寂。结句写醒而复睡，依旧梦之，情丝缠绵，精神困乏，意在辞外，可知其长毋相忘也，末语尤深挚。

梦觉云屏依旧空，杜鹃声咽隔帘栊。玉郎薄幸去无踪。一日日，恨重重，泪界莲腮两线红。

云屏：画有云形图案或者饰以云母的屏风。此处指女性卧室。　杜鹃声：用望帝化为杜鹃之典，此处喻相思声。

赏析

梦觉屏空，示人之未归；隔帘鹃咽，恨人之未归，至"玉郎"句始点明，便无一虚设语。"一日日"，见淹留之久，"恨重重"，写怅望之深，故不觉其率。

金似衣裳玉似身，眼如秋水鬓如云。霞裙月帔一群群。来洞口，望烟分，刘阮不归春日曛。

洞：此指天台桃源仙洞。　刘阮：用刘晨、阮肇入天台山采药遇仙事。指情郎。

赏析

起咏女冠美色，提空写人，潇洒出尘之态，不似俗世庸脂俗粉。然心亦是凡尘心，欲与情郎携手，同归春日，奈何愿望落空。

云烟缭绕之间，美人伤春伤心。

喜迁莺

人汹汹，鼓鼜鼜，襟袖五更风。大罗天上月朦胧，骑马上虚空。　　香满衣，云满路，鸾凤绕身飞舞。霓旌绛节一群群，引见玉华君。

大罗天：道家所谓诸天最高者。此处指朝廷。　　玉华君：此处代指皇帝。

赏析

写科场及第，金榜题名之乐。此首用登仙之语，以示殊荣。意指登科犹如从人境入仙境，构思奇巧，其意虽俗，其词尚有朦胧之美。

街鼓动，禁城开，天上探人回。凤衔金榜出云来，平地一声雷。　　莺已迁，龙已化，一夜满城车马。家家楼上簇神仙，争看鹤冲天。

莺已迁：唐人称举进士及第为迁莺。　　龙已化：比喻中第者登龙门，如鱼化为龙。　　神仙：指将从新进士中择婿的富贵人家女儿。　　鹤冲天：比喻科举登第。

葉題情付衙溝當時叮囑向西流
偏東下人間去卻使君王不信起
唐寅

明 唐寅 紅叶題诗仕女图

赏析

　　此词写新进士放榜之后，欢动禁城。帝制时代，目为大典殊荣，词中所述，亦属实事，虽主题近俗，而当时情景，如在目前。后之视今，亦犹今之视昔也。

思帝乡

　　云髻坠，凤钗垂。髻坠钗垂无力，枕函敧。翡翠屏深月落，漏依依。说尽人间天上，两心知。

赏析

　　当是思唐之作，托为绮词。身既相蜀，焉能求谅于故君，结句言此心终不忘唐，犹李陵降胡，未能忘汉也。

　　春日游，杏花吹满头。陌上谁家年少，足风流。妾拟将身嫁与，一生休。纵被无情弃，不能羞。

赏析

　　少女一时直觉，如浮沤起灭，转瞬即逝。有此念者，几不自知，更不必举以告人，独诗人不待其告而知之，而代言之，而痛快言之，即此已是大妙。

诉衷情

烛烬香残帘未卷，梦初惊。花欲谢，深夜，月胧明。　何处按歌声，轻轻。舞衣尘暗生，负春情。

按歌声：按拍奏乐而歌。　春情：应指男女之情。

赏析

画面轻柔如梦，残花月夜，写来宛如仙境高远。歌声入耳，亦轻柔唯恐惊心。思君不至，情意难全，欲为君舞而不可得。

碧沼红芳烟雨静，倚兰桡。垂玉佩，交带，袅纤腰。　鸳梦隔星桥，迢迢。越罗香暗销，坠花翘。

红芳：指荷花。　越罗：越地出产的罗绮。此指衣饰。

赏析

青楼的环境，肉欲的交易。然而在韦庄笔下，如仙似幻，竟不似在人间。更无世俗气息，只如人在半梦半醒之间，做了一个活色生香的春梦。

上行杯

芳草灞陵春岸，柳烟深，满楼弦管。一曲离声肠寸断。　今日送君千万，红缕玉盘金镂盏。须劝，珍重意，莫辞满。

灞陵：古地名。故址在今陕西西安市东。　红缕玉盘：指玉盘所盛之鲙。

赏析

今日送君而忆及当年灞陵饯别，殆在蜀中送友归国，回思奉使之日，灞桥折柳，何等伤怀，君今无恙还乡，勿辞饮满，愈见己之穷年羁泊为可悲也。

白马玉鞭金辔，少年郎，离别容易。迢递去程千万里。　惆怅异乡云水，满酌一杯劝和泪。须愧，珍重意，莫辞醉。

迢递：遥远貌。　劝和泪：和泪劝酒。

赏析

作者深知不是所有的离别都可以重逢，而离别的滋味也不只惆怅一种。所以，且尽杯中酒，此去千万里，除了珍重二字，竟无可言。

女冠子

　　四月十七，正是去年今日，别君时。忍泪佯低面，含羞半敛眉。　　不知魂已断，空有梦相随。除却天边月，没人知。

赏析

　　纯用白描手法，文人中罕见，明晰如话，直而且拙，正因直拙，益见其深挚之情。"忍泪"十字，写别时状态极真切。

　　昨夜夜半，枕上分明梦见，语多时。依旧桃花面，频低柳叶眉。　　半羞还半喜，欲去又依依。觉来知是梦，不胜悲。

赏析

　　此首通篇写梦境，一气赶下。梦中言语、情态皆真切生动。如见其面，如闻其声。结句重笔翻腾，将梦境点明，凝重而沉痛，畅发尽致，尤觉哀思洋溢，警动无比。

更漏子

　　钟鼓寒，楼阁暝，月照古桐金井。深院闭，小庭空，落花香露红。　烟柳重，春雾薄，灯背水窗高阁。闲倚户，暗沾衣。待郎郎不归。

金井：井栏雕饰精美的水井。　香露：花上的露水。

赏析

起笔有苍凉感，钟鼓等意象的运用，都在暗示闺怨主题的历史感。烟锁重楼之处，古老的主题一再上演，所有的美景都只是陪衬，待人不至的空虚亘古未变。

酒泉子

月落星沉，楼上美人春睡。绿云倾，金枕腻，画屏深。　子规啼破相思梦，曙色东方才动。柳烟轻，花露重，思难任。

绿云：喻美人发髻。　金枕：华美的枕头。

赏析

此作略有飞卿词风，绿云、金枕、画屏皆为艳字，但究不如飞卿之稠叠惹眼，故自稍胜。写相思入骨，入木三分。汤显祖评："不作美的子规，故当夜半啼血。"

木兰花

独上小楼春欲暮,愁望玉关芳草路。消息断,不逢人,却敛细眉归绣户。　　坐看落花空叹息,罗袂湿斑红泪滴。千山万水不曾行,魂梦欲教何处觅。

赏析

此词借少妇闺怨相思,实道作者意欲归唐之心。愁望、空叹,皆指愿念落空,归国无门。结句言水复山重,梦魂难觅,荡气回肠,声哀情苦,皆情至之语。

小重山

一闭昭阳春又春,夜寒宫漏永,梦君恩。卧思陈事暗消魂,罗衣湿,红袂有啼痕。　　歌吹隔重阍,绕庭芳草绿,倚长门。万般惆怅向谁论,凝情立,宫殿欲黄昏。

昭阳:汉代昭阳殿。后泛指后妃居住的宫殿。此指前蜀后宫。　长门:汉代长门宫。用汉武帝时陈皇后因失宠,别居长门宫事。

赏析

此代姬人抒离情也。"春又春",不止一年也。"歌吹"句,言别殿正在作乐,而己则独倚长门,满腹忧愁,无人可语,但凝情而对黄昏耳。

自向枝頭弄明月笑他
陌上逐金丸 临唐解元

清 恽寿平　枇杷图

薛昭蕴

薛昭蕴，生卒年不详。字澄州，河中宝鼎（今山西万荣县）人。仕蜀，官至侍郎。擅诗词。

浣溪沙

红蓼渡头秋正雨，印沙鸥迹自成行。整鬟飘袖野风香。　　不语含嚬深浦里，几回愁煞棹船郎。燕归帆尽水茫茫。

红蓼：即水蓼，一年生草木植物，生浅水中。　棹船郎：即艄公。

赏析

盼望归人的女子，从企盼到失望，充满落寞与孤凄。环境的萧疏与旁人的怜惜，都发挥了陪衬的效果，加强了这一感受。意在言外。

钿匣菱花锦带垂，静临兰槛卸头时。约鬟低珥算归期。　茂苑草青湘渚阔，梦余空有漏依依。二年终日损芳菲。

菱花：背面刻有菱花的古代铜镜。泛指镜。　茂苑：长洲茂苑，在今江苏吴县太湖北。　芳菲：花草盛美。此代指青春年华。

赏析

盛妆意味着希望有人欣赏自己的美，卸妆则意味着又一天的企盼落空。所以卸妆的时候，也是一天将尽、计算青春的时候，芳菲又损，心意难全。

粉上依稀有泪痕，郡庭花落欲黄昏。远情深恨与谁论。　记得去年寒食日，延秋门外卓金轮。日斜人散暗消魂。

延秋门：唐长安禁苑中宫廷门。　卓金轮：立车轮，即停车。

赏析

日斜人散，此词惊艳，非泛写一般离别之情，所谓远情深恨者也。

握手河桥柳似金，蜂须轻惹百花心。蕙风兰思寄清琴。　意满便同春水满，情深还似酒杯深。楚烟湘月两沉沉。

河桥：本指黄河上桥梁。此泛指桥梁。　沉沉：形容音信杳无。

赏析

纪重逢，"蜂须"句取譬微婉，巧丽极矣，未经人道语，以兴离怀别苦；下阕水满杯深，词笔亦笔酣墨饱；以荡漾之笔作结，引起下首楚江送别之意。

帘下三间出寺墙，满街垂柳绿阴长。嫩红轻翠间浓妆。　瞥地见时犹可可，却来闲处暗思量。如今情事隔仙乡。

可可：不经意貌。　隔仙乡：犹言距离遥远如仙凡相隔。

赏析

嫩红轻翠，设色艳冶，如一幅画。看似不经意的一瞥，轻轻掠过，脸上颜色，云淡风轻。然而至无人处，心事涌上心头。沧海桑田，当时只道是寻常。

江馆清秋揽客船，故人相送夜开筵。麝烟兰焰簇花钿。 正是断魂迷楚雨，不堪离恨咽湘弦。月高霜白水连天。

楚雨：楚地之雨。 湘弦：传说湘水女神善于鼓瑟，这里借喻悲思。

赏析

言楚雨，当是由秦地而之楚。言湘弦离恨，当是远行者雅善鼓琴，月高霜白之宵，七根弦上，依依别情，流为销魂之语，结句有怊怅不尽之意。

倾国倾城恨有余，几多红泪泣姑苏。倚风凝睇雪肌肤。 吴主山河空落日，越王宫殿半平芜。藕花菱蔓满重湖。

姑苏：姑苏台。相传吴王夫差所筑，在今江苏苏州。 凝睇：注视。 吴主：指吴王夫差。 越王：指越王勾践。 平芜：草木丛生的平旷原野。 重湖：湖泊相连。洞庭湖与青草湖相连，称重湖。

赏析

小词而能发千古兴亡之感，扫一时轻绮之风。伯主雄图，美人韵事，世异时移，都成陈迹。三句写尽无限苍凉感喟。此词伤心吊古，韵响高调。

越女淘金春水上，步摇云鬓佩鸣珰。渚风江草又清香。　　不为远山凝翠黛，只应含恨向斜阳。碧桃花谢忆刘郎。

佩鸣珰：玉佩玎珰声。　刘郎：本指东汉人刘晨，这里代指情郎。

赏析

从行者着想，步摇插花，虽依然盛饰，而碧桃花下，斜阳凝盼，料知忆及刘郎，则已之湘云南望，离怀从可知也。此作委婉沉至，音调亦闲雅可歌。

喜迁莺

残蟾落，晓钟鸣，羽化觉身轻。乍无春睡有余酲，杏苑雪初晴。　　紫陌长，襟袖冷，不是人间风景。回看尘土似前生，休羡谷中莺。

羽化：修道成仙。此处喻科考得中。　杏苑：杏园。唐人举进士，在杏园聚会。　谷中莺：谓莺未出谷，比喻隐居未仕者。

赏析

用词牌本意。一旦科考得中，便似进入新的境界。在入世成功者看来，隐居遁世，是不得已的归途，是士不遇的无奈选择。

金门晓，玉京春，骏马骤轻尘。桦烟深处白衫新，认得化龙身。　　九陌喧，千户启，满袖桂香风细。杏园欢宴曲江滨，自此占芳辰。

玉京：道家称天帝所居之处。借指京城。　白衫：唐时士子穿的便服。此句写朝中新增着白衫的登第秀才。　化龙：指登第。　九陌：泛指京城大道。　桂香：古代以折桂喻登第。　杏园欢宴句：写新进士宴游状况。杏园：园名。唐时在曲江池南，是新进士游宴之地。　曲江：曲江池，在今陕西西安市东南曲江镇一带。

赏析

此作仍沿用词牌本意，讲进士中第之种种风光。进士得中，犹如仙凡之隔。从此登仙境，掌人事，占芳辰。

清明节，雨晴天，得意正当年。马骄泥软锦连乾，香袖半笼鞭。　　花色融，人竞赏，尽是绣鞍朱鞅。日斜无计更留连，归路草和烟。

锦连乾：锦制的马的饰物。　绣鞍朱鞅：华丽的车马饰物。

赏析

在科举时代，莺迁龙化，折桂探花，听之烂熟，诚为腐俗可厌；但世易时移，此等俗套语，已不常闻，如地层化石，年久转新，亦不甚碍目。

煙開蘭葉香風暖
岸夾桃花錦浪生
李青蓮鸚鵡洲句清湘老
人濟時亦拈出引興

清 石濤 野色冊頁

牛峤

牛峤，字松卿，一字延峰。生卒年不详。五代前蜀词人。王建镇蜀后，辟为判官。及前蜀开国，拜秘书监、给事中。词今存三十二首，均见《花间集》。

柳枝

解冻风来末上青，解垂罗袖拜卿卿。无端袅娜临官路，舞送行人过一生。

解冻风：东风。　解垂句：谓柳枝摇曳若女子敛袖相拜。

赏析

此词咏本调，用拟人手法，写出了杨柳枝条摇曳袅娜的形象，也赋官路垂柳之平生遭际。"舞送行人过一生"的命运，咏之使人悲婉。

吴王宫里色偏深，一簇纤条万缕金。不愤钱塘苏小小，引郎松下结同心。

不愤：疑为不分，言未料到；一说不平、不服气。　引郎句：化用古诗《苏小小歌》："何处结同心，西陵松柏下"两句诗意。

赏析

　　古人咏柳，必比美人；咏美人，必比柳。不独以其态相似，亦柔曼两相宜也。若松桧竹柏，用之于美人，则乏婉媚耳。此词亦谓美人不宜松下也。誉柳贬松，殊有深兴。

　　桥北桥南千万条，恨伊张绪不相饶。金羁白马临风望，认得杨家静婉腰。

　　张绪：南齐武帝曾将杨柳比张绪。　　金羁白马：指少年郎。金羁：金饰的马络头。　　杨家静婉：即羊家净婉。《南史·羊侃传》载："舞人张净婉腰围一尺六寸，时人咸推能掌上舞。"

赏析

　　王孙公子亦有情有独钟。似柳婉柔的美人很多，然而在临风伫立的时刻，可以从万千女子之中，看到自己的意中人。

　　狂雪随风扑马飞，惹烟无力被春欺。莫交移入灵和殿，宫女三千又妒伊。

　　狂雪：此指柳絮。　　灵和殿：用齐武帝在灵和殿前多植柳事。

赏析

　　杨柳之柔美显而易见，然而柔带来的弱亦使诗人我见犹怜。在风中吹散即觉被春欺，足见诗人怜惜之情。侧面烘托出杨柳之美。

袅翠笼烟拂暖波。舞裙新染麴尘罗。章华台畔隋堤上，傍得春风尔许多。

麴尘罗：淡黄色丝罗。　章华台：相传为楚灵王离台。　尔许：犹言如许、如此。唐杜荀鹤《醉书僧壁》："九华山色真堪爱，留得高僧尔许年。"

赏析

杨柳之美是无需质疑的，只是美的境遇充满不确定性。无论章华台或是隋堤，昔日盛时均已不再，柳是亲历者，也是见证者。寓兴亡之感。

清 恽寿平 梨花图

● 花间集卷四

牛峤

女冠子

绿云高髻，点翠匀红时世。月如眉，浅笑含双靥，低声唱小词。　眼看唯恐化，魂荡欲相随。玉趾回娇步，约佳期。

绿云：喻女子乌黑茂密的秀发。　时世：时世妆，入时之妆。

赏析

女冠的身份为美貌附加更多的色彩，似乎此仙姝应从天上而来，即使画着时世妆，也让爱慕之人心生恐惧。"眼看唯恐化，魂荡欲相随。"描摹情痴之至。

锦江烟水，卓女烧春浓美。小檀霞，绣带芙蓉帐，金钗芍药花。　额黄侵腻发，臂钏透红纱。柳暗莺啼处，认郎家。

卓女：本指卓文君，此处代指当垆美女。　烧春：酒名。　小檀霞：或形容香料的烟如云霞缭绕；或谓比喻少女颊色。

赏析

此首不用本事,咏当垆妓耳。起句如画,惜"小檀霞"三字突起,隔断全文。"额黄"等二句受宫体诗影响。结句佳,情到至处。

星冠霞帔,住在蕊珠宫里。佩丁当,明翠摇蝉翼,纤珪理宿妆。_{jiào}醮坛春草绿,药院杏花香。青鸟传心事,寄刘郎。

蕊珠宫:神仙宫阙名。此处指女冠居处。 纤珪:喻女子纤白如玉之手。 青鸟:代称信使。

赏析

女冠与俗妓的差异,在于身份不同。衣饰风格飘逸似仙,所在处所雅致清净,日常生活修仙问道,这一切都引发对女冠极大的兴趣,然后刚好,她亦还有凡情在。

双飞双舞,春昼后园莺语。卷罗帏,锦字书封了,银河雁过迟。 鸳鸯排宝帐,豆蔻绣连枝。不语匀珠泪,落花时。

锦字书:原指前秦苏蕙寄给丈夫的织锦回文诗。后多指妻子给丈夫的信。 豆蔻句:以豆蔻比少女,以连枝喻男女相守相伴。

赏析

此作中的女冠,身份感产生变化。就是一个深陷情网的俗世女子，她的情绪起伏，完全因为与情人的连结而变化，连所用的饰品也充斥着对双宿双飞的向往。

梦江南

衔泥燕，飞到画堂前。占得杏梁安稳处，体轻唯有主人怜，堪羡好因缘。

杏梁：文杏木所制的屋梁，言其屋宇的华美高贵。

赏析

借燕寄闺人之怨情，非咏燕也。羡慕燕子得人怜而安稳住在杏梁，以见人之不如燕。

红绣被，两两间鸳鸯。不是鸟中偏爱尔，为缘交颈睡南塘，全胜薄情郎。

交颈：颈与颈相互依摩。多为雌雄动物之间的一种亲昵表示。此处喻男女恩爱、亲昵。

赏析

闺人生活空间狭小，所见之物即所咏之物。女子目睹绣被鸳鸯图案，借写鸳鸯之两两交颈不相离，以喻女子之遇人不淑，心之所怨。

感恩多

两条红粉泪，多少香闺意。强攀桃李枝，敛愁眉。　　陌上莺啼蝶舞，柳花飞。柳花飞。愿得郎心，忆家还早归。

红粉：女子化妆用的胭脂水粉，借指美女。　香闺意：女子相思之意。

赏析

起语一问一答，便有无限委婉。"强攀"妙，中有伤心处，借此消遣耳，不失为风流酸楚。"柳花飞"反复吟唱，民歌风调。

自从南浦别，愁见丁香结。近来情转深，忆鸳衾。　　几度将书托烟雁，泪盈襟。泪盈襟，礼月求天，愿君知我心。

南浦：南面的水边。后常用称送别之地。　丁香结：丁香的花蕾，状如结。以喻愁绪之郁结难解。　烟雁：形容飞鸟之多，远望如烟之覆海。　礼月：拜月。

赏析

南浦一别，相思甚苦。以丁香结喻愁绪，愁亦清丽可人。以书信传情达意，然终不能慰藉心中思念。清韵谐婉，纯以白描见长。

应天长

玉楼春望晴烟灭，舞衫斜卷金条脱。黄鹂娇啭声初歇，杏花飘尽龙山雪。　　凤钗低赴节，筵上王孙愁绝。鸳鸯对衔罗结，两情深夜月。

条脱：臂钏。　　龙山：河北喜峰口外卢龙山，古时北地著名关塞。此处泛指高山。　　赴节：应和节拍。

赏析
杏花飘飞的春夜，贵族王孙的宴饮。歌女飘然起舞，在乐声中，两心相契。宴会过后，两情相悦。欢情场面寻常，但笔致卓然。

双眉淡薄藏心事，清夜背灯娇又醉。玉钗横，山枕腻，宝帐鸳鸯春睡美。　　别经时，无限意，虚道相思憔悴。莫信彩笺书里，赚人肠断字。

玉钗横：玉钗横斜，头饰不整。　　山枕：枕头。古代枕头的形状中凹，两端凸起，其状如山。

赏析
在狭小的生活空间里，何以慰相思？于是美人借酒消愁愁更愁。相思的极致便生了怨念，接信时狂喜，反而如今怨字赚人肠断。反衬笔法，愈见情深。

清 乾隆　缂丝花鸟画

更始当风到几巡蔷薇泡露

蒸花新无端丽影到垂架葱

得窗前雀啭心

更漏子

星渐稀，漏频转，何处轮台声怨。香阁掩，杏花红。月明杨柳风。　　挑锦字，记情事，唯愿两心相似。收泪语，背灯眠，玉钗横枕边。

漏频转：盛水之铜壶里的水不停流入接水之壶，漏箭不停移动。　轮台：故址在今新疆轮台县东南。此处泛指边塞。　挑锦字：织锦为书信。

赏析

一个思妇的夜晚。感受到时间的流逝，不知征人现状，但似乎能听到征人所唱之怨歌。而自己唯一能做的，是织锦字书。一针一线，字里行间，写进思念。

春夜阑，更漏促，金烬暗挑残烛。惊梦断，锦屏深，两乡明月心。　　闺草碧，望归客，还是不知消息。辜负我，悔怜君，告天天不闻。

赏析

本是宁静的春夜，屏深梦幽。然而情绪的洪流涌动，女子只觉漏声促。是女子剧烈的相思，澎湃的心情打破了宁静。以至于最后悯然问天，也是自然。

南浦情，红粉泪，争奈两人深意。低翠黛，卷征衣，马嘶霜叶飞。　　招手别，寸肠结，还是去年时节。书托雁，梦归家，觉来江月斜。

南浦：南面的水边。后常用称送别之地。　低翠黛：低眉，低头。

赏析

晚唐五代之际，神州云扰，忧时之彦，陆沉其间，既谠论之不容，藉俳语以自晦，其心良苦。亦有见解以为只抒发闺怨，一幅秋闺晓别图而已。

望江怨

东风急，惜别花时手频执，罗帏愁独入。马嘶残雨春芜湿，倚门立。寄语薄情郎，粉香和泪泣。

赏析

花时春好，而郎偏远出，临歧执手殷勤，留君不住，看驱马向平芜而去。懒入虚帏，立门前凝望，泪痕湿粉，而行者已遥，惟有寄语使知，以明我之相忆耳。

菩萨蛮

舞裙香暖金泥凤，画梁语燕惊残梦。门外柳花飞，玉郎犹未归。　　愁匀红粉泪，眉剪春山翠。何处是辽阳，锦屏春昼长。

金泥凤：以金粉装饰的凤形图案。　辽阳：地名，在今辽宁省辽阳市南、辽河之东。泛指边塞地区。

赏析

盛妆美人，因燕语惊梦。梦醒凝望，柳花乱飞，遂忆及远人未归，故倍觉春昼之长。全词流丽动人，写来声情顿挫，自臻妙境。

柳花飞处莺声急，晴街春色香车立。金凤小帘开，脸波和恨来。　　今宵求梦想，难到青楼上。赢得一场愁，鸳衾谁并头。

脸波：眼波。　并头：头挨着头。比喻男女好合。

赏析

春色盈盈，而闺中人愁恨满怀。"急"字佳，非只莺声急，亦是女子心态。脸波和恨来，传神栩栩如活，暗示相思折磨之深。结句点出青楼女子不被世俗承认的爱情何其痛苦。

玉钗风动春幡急，交枝红杏笼烟泣。楼上望卿卿，寒窗新雨晴。　薰炉蒙翠被，绣帐鸳鸯睡。何处最相知，羡他初画眉。

春幡：古时风俗，立春日所立之彩旗。　画眉：此处用汉代张敞为妻子画眉的典故，比喻夫妻相爱。

赏析

立春之时，万象更新。然而一切春景在相思的情人眼里，都笼上了哀伤的烟尘。触感是"寒"，眼见是"泣"。填词白描，亦有微致。

画屏重叠巫阳翠，楚神尚有行云意。朝暮几般心，向他情谩深。　风流今古隔，虚作瞿塘客。山月照山花，梦回灯影斜。

巫阳：巫山之阳。用楚王梦神女事。　行云意：指男女合欢。　几般：几种。　谩：徒然。　瞿塘客：往来瞿塘江上之贾客。

赏析

楚王与巫山神女，人神之隔，犹有一段缠绵情意。然而朝朝暮暮，楚王或有志不专，神女何必深情属之？借他人酒杯，浇心中块垒而已。

风帘燕舞莺啼柳，妆台约鬟低纤手。钗重髻盘珊，一枝红牡丹。　门前行乐客，白马嘶春色。故故坠金鞭，回头应眼穿。

风帘：指遮蔽门窗的帘子。　约鬟：绾约鬟发。　髻盘珊：发髻盘曲，称盘桓髻。　故故：屡屡，常常。

赏析

妆饰后的女子，明艳照人。门前行乐客从窗中看到她的芳颜，被深深吸引，以至借故坠鞭于地，心往神驰。楚馆秦楼的寻常场景，但描摹生动。

绿云鬟上飞金雀，愁眉敛翠春烟薄。香阁掩芙蓉，画屏山几重。　窗寒天欲曙，犹结同心苣。啼粉污罗衣，问郎何日归。

金雀：金雀钗饰。　敛翠：敛眉。　春烟薄：谓女子眉色淡如春烟。　芙蓉：使用南朝乐府手法，谐音双关"夫容"。　同心苣：指织有同心苣图案的同心结。　啼粉：沾有粉脂的眼泪。

赏析

以"春烟薄"状"愁眉"，颇有新意。一边是痴情等候的佳人，而芳草生兮萋萋，王孙归兮不归，问他何益？此词哀思绮恨，写得又娇痴，又苦恼。

玉楼冰簟鸳鸯锦，粉融香汗流山枕。帘外辘轳声，敛眉含笑惊。　　柳阴烟漠漠，低鬓蝉钗落。须作一生拚 (pàn)，尽君今日欢。

冰簟：凉席。　辘轳：井上汲水装置。　拚：舍弃，不顾惜。

赏析

天已将明，早晨汲井之声，将其惊起。柳烟漠漠，正天方晓之景色。临别情感倾泻。小词以含蓄为佳，亦有作决绝语而妙者。末两句虽止十字，可抵千言万语。

清 华嵒 锦鸡竹菊图

张泌

张泌，生卒年不详，安徽淮南人。五代词人，是花间派的代表人物之一。张泌词《花间集》录二十七首，《尊前集》录一首，共存二十八首。

浣溪沙

钿毂香车过柳堤，桦烟分处马频嘶。为他沉醉不成泥。　　花满驿亭香露细，杜鹃声断玉蟾低。含情无语倚楼西。

钿毂：饰有金花的车轮圆木。　桦烟：桦烛之烟。　驿亭：驿站所设的供行旅止息的处所。　玉蟾：月亮。

赏析

清晨离别，离人满心忧伤。"为他沉醉不成泥"，明白直率，顺畅而出，亦是好句。下阕讲离别后，闺中人想象离人的旅途景色，思念无尽。

马上凝情忆旧游，照花淹竹小溪流，钿筝罗幕玉搔头。　　早是出门长带月，可堪分袂又经秋。晚风斜日不胜愁。

钿筝：面板饰金之筝。 玉搔头：玉簪。 早是：已是。 可堪：哪堪。 分袂：分手，离别。

赏析

此词上片写旧游之地与旧游之人，下片追忆离别时的情景。全词实处皆化空灵，抒写往日与情人聚游的欢悦与离别后的愁苦，章法极妙。离心草草，可谓深怨矣。

独立寒阶望月华，露浓香泛小庭花。绣屏愁背一灯斜。　　云雨自从分散后，人间无路到仙家。但凭魂梦访天涯。

寒阶：寒凉的台阶。 香泛：香气弥漫飘散。 背：避开。

赏析

分离寻常事，然而起句便觉不同，作高雅出尘之想。"露浓"句幽艳，值得如此思念的人，盖也非寻常人等。下片一气贯注，酷尽相思之致。

依约残眉理旧黄，翠鬟抛掷一簪长。暖风晴日罢朝妆。　　闲折海棠看又捻（nián），玉纤无力惹余香。此情谁会倚斜阳。

依约：隐约。　旧黄：残留的额黄。　朝妆：晨妆。　玉纤：玉指。　会：理解、理会。

赏析

女子残眉不描，朝妆不理，春日漫长。写春困情态，入木三分。春日的百无聊赖，结句点明缘由。锁得住的还不是愁，人言愁，我始欲愁，只为锁他不住。

翡翠屏开绣幄红，谢娥无力晓妆慵。锦帷鸳被宿香浓。　微雨小庭春寂寞，燕飞莺语隔帘栊。杏花凝恨倚东风。

绣幄：绣帐。　谢娥：即谢娘。此处为女子的泛称。　宿香：旧香。

赏析

思妇晨起，自华艳中缓缓起身，却又要面对一天的内心苍白。慵懒状，丧失了生命的活力，哪怕是在燕飞莺语的春天。

枕障熏炉隔绣帷，二年终日两相思。杏花明月始应知。　天上人间何处去，旧欢新梦觉来时。黄昏微雨画帘垂。

枕障：枕屏。

赏析

概为悼亡之作。问消息于杏花，以年计也；诉愁心于明月，以月计也。乃申言二年相思之苦。下阕新仇旧恨，一时并集，况"微雨""帘垂"之时，不言而神伤，殆有帷屏之悼也。

花月香寒悄夜尘，绮筵幽会暗伤神。婵娟依约画屏人。　　人不见时还暂语，令才抛后爱微颦。越罗巴锦不胜春。

悄夜：静夜。　婵娟：姿态美好貌。　令：酒令。　越罗巴锦：吴越及巴蜀的罗锦。

赏析

写目成心许，男女初见动情之状。上片之末句但写其貌美，犹是画上美人。下片之末句则不特貌美也，且姿态撩人，且情谊深浓，活色生香矣。

偏戴花冠白玉簪，睡容新起意沉吟。翠钿金缕镇眉心。　　小槛日斜风悄悄，隔帘零落杏花阴。断香轻碧锁愁深。

花冠：女子所戴的装饰美丽的帽子。　沉吟：犹豫不决。　镇眉心：压于眉上发际。　断香：一阵阵的香气。

赏析

代伊人着想。论其词意，可见离情之绵邈，往事之低徊；论其词句，可见晓起之娇慵，妆饰之妍华，风光之明媚，皆以清秀之笔写之。

晚逐香车入凤城，东风斜揭绣帘轻。慢回娇眼笑盈盈。　消息未通何计是，便须伴醉且随行。依稀闻道太狂生。

凤城：京城的美称。　慢：随意。　消息：音讯。　便须：便应。　太狂生：过于狂放。生，语助词。

赏析

狂少年追求美人，此词活画出一个狂少年举动来。词人笔下无难达之情，无不尽之境，信手描写，情状如生。狂态如画，然不觉可憎，艳而不淫。

小市东门欲雪天，众中依约见神仙。蕊黄香画贴金蝉。　饮散黄昏人草草，醉容无语立门前。马嘶尘烘一街烟。

小市：小市镇，小城市。　神仙：指娇美的女子。　香画：以掺有香料的蕊黄点画额头。　贴金蝉：佩带金色蝉形钗。　尘烘：尘土扬起。

明 仇英 汉宫春晓图卷（局部）

赏析

欲雪的清寒天气,却对佳人一见倾心。佳人艳丽,却转瞬即逝,于是借酒消愁,对这不知所终的缘分,无奈无语。"烘"字佳,形容闹市极似,转俗为新。

临江仙

烟收湘渚秋江静,蕉花露泣愁红。五云双鹤去无踪,几回魂断,凝望向长空。　　翠竹暗留珠泪怨,闲调宝瑟波中。花鬟月鬓绿云重,古祠深殿,香冷雨和风。

湘渚:湘水岸边。　蕉:美人蕉。　五云:五色祥云。　双鹤:仙人乘骑。　翠竹句:用湘妃哭舜帝,泪水沾竹,竹上成斑的事。　闲调句:用湘灵(湘水之神)鼓瑟事。调:调瑟,弹奏琴瑟。

赏析

咏怀古迹,凭吊湘君。湘君的情感如怨如慕,而古祠亦神秘深幽,空灵缥缈。全词不落凡俗,词气委婉,不即不离,水仙之雅调。

女冠子

露花烟草,寂寞五云三岛。正春深,貌减潜销玉,香残尚惹襟。　　竹疏虚槛静,松密醮坛阴。何事刘郎去,信沉沉。

五云三岛：指女冠去住行踪。　貌减句：指女冠如玉体貌暗自消瘦。　惹襟：沾染衣襟。　醮坛：道士行礼祭祀的坛。　信沉沉：杳无音信。

赏析

女冠在幽静的环境中出场,然而近景出现,女冠体貌憔悴,正不知为何如是? 末句道出真相,原来女冠尘缘未尽,心系意中人。

河传

渺莽云水,惆怅暮帆,去程迢递。夕阳芳草,千里万里,雁声无限起。　　梦魂悄断烟波里,心如醉。相见何处是。锦屏香冷无睡,被头多少泪。

迢递：遥远貌。　无睡：不眠。

赏析

起句气象飒然而来,可谓工于发端。而承以“夕阳”“千里”三句,苍凉悲咽,惊心动魄矣。后结亦有情思。

红杏，交枝相映，密密濛濛。一庭浓艳倚东风，香融，透帘栊。　　斜阳似共春光语。蝶争舞，更引流莺妒。魂销千片玉樽前，神仙，瑶池醉暮天。

濛濛：浓盛貌。　玉樽：玉制的酒器。泛指贵重精美的酒杯。

赏析

春景生机勃发，杏花烂漫，蝶舞莺飞。气之动物，物之感人，故摇荡性情，行诸舞咏。因此人心欢快，对大好春光、明丽人生充满喜悦之情。

酒泉子

春雨打窗，惊梦觉来天气晓。画堂深，红焰小，背兰釭。　　酒香喷鼻懒开缸，惆怅更无人共醉。旧巢中，新燕子，语双双。

红焰：灯焰。　兰釭：燃兰膏的灯，亦用以指精致的灯具。

赏析

春雨淅沥的拂晓，梦境与现实交叠之际，自梦中惊醒的女子，内心有多少块垒，须借酒消愁。然而燕有对话，人无共醉，抚景怀人，如怨如慕。

紫陌青门，三十六宫春色。御沟辇路暗相通，杏园风。　　咸阳沽酒宝钗空。笑指未央归去，插花走马落残红，月明中。

　　紫陌：指京都郊野的道路。　青门：汉长安城东南门。泛指京城城门。　御沟：流经宫苑的河道。　辇路：帝王车驾经过的路。　未央：汉宫殿名。　走马：驰马。喻疾驰。

赏析

　　此词写宫廷官员的闲怡生活。宫内气势恢宏，道衢交错，人情往来。宫外都城内是另一番光景，可放松诞荡，举杯作乐，酒后走马，直到夜深，迟迟不归。

生查子

　　相见稀，喜相见，相见还相远。檀画荔枝红，金蔓蜻蜓软。　　鱼雁疏，芳信断，花落庭阴晚。可怜玉肌肤，消瘦成慵懒。

　　相远：相异，差距大。此指远别。　檀画：指面妆颜色。　金蔓句：金质蜻蜓状首饰。　鱼雁：古人有鱼雁传书之说。后代称书信。

赏析

　　闺阁中的女子，难以常见到心上人。相见时的情景，妆容首饰，色泽鲜明，宛如昨天。下半片用对比手法，只言片语也成奢求，于是憔悴。全篇信笔而往，却无一浮蔓。

思越人

燕双飞，莺百啭，越波堤下长桥。斗钿花筐金匣恰，舞衣罗薄纤腰。　　东风澹荡慵无力，黛眉愁聚春碧。满地落花无消息，月明肠断空忆。

越波堤：或即"月波堤"，后唐同光二年朱守殷筑于洛阳。此泛指河堤。　斗钿、花筐：均为女子首饰。　金匣：熨斗。　恰：熨展贴平。　澹荡：和舒的样子。

赏析
思越人调，咏西施浣纱。美人目光所及，是水边长桥。彼时欢聚，莺飞燕舞。长桥那端，却再无消息，结语"空忆"，痛彻心扉。

满宫花

花正芳，楼似绮，寂寞上阳宫里。钿笼金锁睡鸳鸯，帘冷露华珠翠。　　娇艳轻盈香雪腻，细雨黄莺双起。东风惆怅欲清明，公子桥边沉醉。

楼似绮：即绮楼，华美的楼阁。　香雪腻：形容佳人肌肤。

赏析

满宫花芳，绮楼金锁，里面依然住着寂寞，可知外物无法抚慰情感的孤独。于是在东风飘起的时节，一场欢会，一场沉醉。

柳枝

腻粉琼妆透碧纱，雪休夸。金凤搔头坠鬓斜，发交加。　　倚着云屏新睡觉，思梦笑。红腮隐出枕函花，有些些。

琼妆：女子妆成面如琼玉。　交加：言女子鬓发叠集。　新睡觉：刚睡醒。　隐出：隐约现出。　枕函：枕套。　些些：些许，少许。

赏析

此词写女子春睡娇美，梦醒如花。肌肤、妆容、慵懒的模样，刻画精细如工笔画。"思梦笑"为一篇之骨，显示那梦儿还去不远，"红腮"一语，自见巧思。

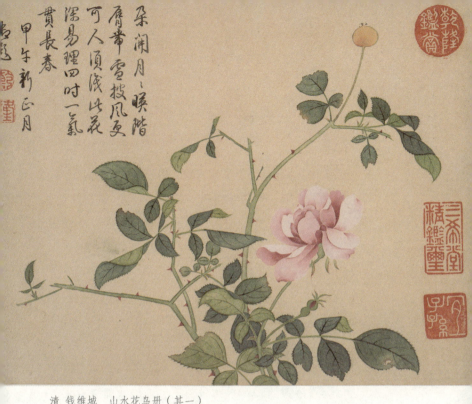

朵阑月夜暖階
屑岂雪掺风更
可人顶没此花
深易理四时一气
贯长春
甲午新正月

清 钱维城 山水花鸟册（其一）

● 花间集卷五

毛文锡

　　毛文锡，字平圭，生卒年不详。高阳人，或谓南阳人。年十四登进士第。唐亡，仕前蜀，任中书舍人、翰林学士，与贯休以诗唱和。官至司徒。与欧阳炯等五人以小词为后蜀主孟昶所赏，人称"五鬼"。

虞美人

　　鸳鸯对浴银塘暖，水面蒲梢短。垂杨低拂麹尘波，蛛丝结网露珠多，滴圆荷。　　遥思桃叶吴江碧，便是天河隔。锦鳞红鬣影沉沉，相思空有梦相寻，意难任。

　　银塘：清澈明净的池塘。　蒲梢：蒲草的叶尖。　麹尘波：淡黄色水波。　桃叶：晋王献之爱妾名。常借指爱妾或所恋女子。　锦鳞红鬣：彩鳞红鳍，鱼之美称。此处代指信使。

赏析
　　前半写池塘小景，写景清佳。重点是鸳鸯的出场，以及圆荷意象。意喻世上有成双成对，有圆满。后段入情，便知对比手法。

　　宝檀金缕鸳鸯枕，绶带盘宫锦。夕阳低映小窗明，南园绿树语莺莺，梦难成。　　玉铲香暖频添炷，满地飘轻絮。珠帘不卷度沉烟，庭前闲立画秋千，艳阳天。

宝檀：作枕之沉香木。　绶带：古代用以系官印等物的丝带。　添炷：添香炷。　画秋千：指索架上有绘饰的秋千。

赏析

首句富丽。"夕阳"句清新可喜，夕照明澈。"梦难成"挑明心情，珠帘不卷意即无须见人，终是孤独终日。末两句春和景明，亦是可人。

酒泉子

绿树春深，燕语莺啼声断续。蕙风飘荡入芳丛，惹残红。　　柳丝无力袅烟空，金盏不辞须满酌。海棠花下思朦胧，醉香风。

蕙风：夹带花草芳香的风。　残红：落花。

赏析

此词读之香气撩人，且满眼春色融融，莺歌燕舞。人且入画，画中美景下，且饮且醉且思，然而为何而思？画中人不言。末三句令人悠然神往，有韵致。

喜迁莺

　　芳春景，暖晴烟，乔木见莺迁。传枝偎叶语关关，飞过绮丛间。　　锦翼鲜，金氄软，百啭千娇相唤。碧纱窗晓怕闻声，惊破鸳鸯暖。

　　暖：日光昏暗。　晴烟：日光照射时空气中似烟若雾的光影。　莺迁：语出《诗经·小雅·伐木》："伐木丁丁，鸟鸣嘤嘤。出自幽谷，迁于乔木。"自唐以来，常以嘤鸣出谷之鸟为黄莺，故以"莺迁"指登第，或为升擢、迁居的颂词。　关关：莺叫声。　绮丛：繁花似锦的树丛。　金氄：黄莺的金色羽毛。

赏析

　　依题本义发挥而作。黄莺出自幽谷，迁于乔木。前半段写晴好天气，黄莺出谷而迁，莺声清脆，描写生动。下半段写黄莺的形与声，栩栩如生。

赞成功

　　海棠未坼，万点深红。香包缄结一重重，似含羞态，邀勒春风。蜂来蝶去，任绕芳丛。　　昨夜微雨，飘洒庭中。忽闻声滴井边桐，美人惊起，坐听晨钟。快教折取，戴玉珑璁。

坼：绽裂。此指海棠花苞绽放。 香包句：言花萼层层包裹。香包：即花苞。缄结：缄合聚结。 邀勒：邀请留住。 玉珑璁：首饰。

赏析

前半言海棠未放之际，娇羞怯弱，有如闺中少女。后半言美人闻夜半之微雨，惟恐好花之易谢，而惊起，而坐听晨钟，而折花簪鬓，亦为惜花之心。

西溪子

昨日西溪游赏，芳树奇花千样，琐春光。金樽满，听弦管，娇妓舞衫香暖。不觉到斜晖，马驮归。

西溪：泛指游赏之地。 琐：同"锁"，留住之意。

赏析

一日游赏的尽兴之作。赏花赏春，听曲饮酒观舞。愉悦的时光从来短暂，结句"马驮归"形象鲜明，兴尽慵懒状，跃然纸上。

宋 林椿 枇杷山鸟图

中兴乐

　　荳蔻花繁烟艳深，丁香软结同心。翠鬟女，相与共淘金。　　红蕉叶里猩猩语，鸳鸯浦，镜中鸾舞。丝雨隔，荔枝阴。

　　丁香句：言丁香花蕾如同心结。　　相与：共同，一道。　　淘金：用水冲刷含金的沙子，选出沙金。　　镜中鸾舞：或暗喻写法，即溪水如镜，映出淘金女活泼嬉戏的样子，如鸾凤起舞。　　荔枝阴：荔枝树荫。

赏析

　　此作写炎方风土，如入炎方所见。花丛繁艳，南方植物茂盛的景象；古淘金多妇女，大约出于两粤土俗，亦是南人习性。"红蕉"句以"猩猩"入词，正是当地特色。

更漏子

　　春夜阑，春恨切，花外子规啼月。人不见，梦难凭，红纱一点灯。　　偏怨别，是芳节，庭下丁香千结。宵雾散，晓霞辉，梁间双燕飞。

　　芳节：阳春时节。亦泛指佳节良时。　　宵雾：夜雾。

赏析

上阕言春夜之怀人。质言之，人既不见，虚索之梦又无凭，则当前相伴，惟此一点纱灯，照我迷离梦境耳。下阕言春日之怀人，霞明雾散，见燕双而人独也。

接贤宾

香鞯镂檐五花骢，值春景初融。流珠喷沫蹀躞，汗血流红。　　少年公子能乘驭，金镳玉辔珑璁。为惜珊瑚鞭不下，骄生百步千踪。信穿花，从拂柳，向九陌追风。

香鞯镂檐：精美的鞍鞯。　五花骢：毛色斑驳之马。　流珠喷沫：马喷吐唾沫。　蹀躞：马行走的样子。　汗血流红：马汗颜色如血。　金镳：饰金之马勒。　珑璁：指镳辔上所饰金玉的碰击声。　珊瑚鞭：华贵的马鞭。　不下：鞭不打下来。　信：信马，任马奔驰。　九陌：汉长安城中的九条大道。泛指都城中的大道和繁华闹市。

赏析

咏马多腾纵笔法，此词独辟蹊径。写春日融融，精美装饰的宝马，在少年公子骑下，从容信步，亦有追风之举。人、马、景和谐相容，俨然老庄境界。

赞浦子

锦帐添香睡，金炉换夕薰。懒结芙蓉带，慵拖翡翠裙。　　正是桃夭柳媚，那堪暮雨朝云。宋玉高唐意，裁琼欲赠君。

芙蓉带：绣有芙蓉花的衣带。　桃夭柳媚：桃花艳丽、杨柳妖媚。比喻妙龄女子。　暮雨朝云：用宋玉《高唐赋》中巫山神女"旦为朝云，暮为行雨"典故。　琼：琼瑶，代指书信。

赏析

春天的夜里，一个辗转反侧无法入睡的女子。下半片表明原因，越是好的季节，越勾起对情人的思念。干脆妥协吧，把相思写进书信中。

甘州遍

春光好，公子爱闲游，足风流。金鞍白马，雕弓宝剑，红缨锦襜出长楸。　　花蔽膝，玉衔头。寻芳逐胜欢宴，丝竹不曾休。美人唱，揭调是《甘州》，醉红楼。尧年舜日，乐圣永无忧。

红缨：红色马缰。　锦襜：锦制马鞍垫。　长楸：高大的楸树，古时常种于道旁。此指大道。　蔽膝：护膝的围裙。　玉衔头：

119

玉饰的马嚼子。 揭调：高亢的调子。 《甘州》：唐教坊曲名。
乐圣：古人称嗜酒为乐圣。此处指饮酒。

赏析

　　咏太平盛世景象。公子可以外出闲游，尽情享受春日美景。
民间富庶场面，商业繁荣，欢宴不休。如同美人尽展歌喉一般，
此作亦是颂圣的丽辞歌唱。

　　秋风紧，平碛雁行低，阵云齐。萧萧飒飒，边声四起，
愁闻戍角与征鼙。 青冢北，黑山西。沙飞聚散无定，
往往路人迷。铁衣冷，战马血沾蹄，破蕃奚。凤皇诏下，
步步蹑丹梯。

　　平碛：平旷的沙漠。 征鼙：战鼓。 青冢：王昭君墓。相
传冢上草色常青，故名。在今内蒙古自治区呼和浩特市南。 黑山：
在今内蒙古包头市西北。 蕃奚：匈奴的别种。 凤皇诏：即皇
帝诏书。 丹梯：红色的台阶，亦喻仕进之路。

赏析

　　描写边塞荒寒景象颇佳，边塞地区正与"平碛""征鼙"等
意象紧密相关。自然环境的萧瑟艰难，愈加凸显边塞将士的英勇
坚韧。结以功名，鼓战士之气。

纱窗恨

新春燕子还来至，一双飞。垒巢泥湿时时坠，浣人衣。　　后园里看百花发，香风拂，绣户金扉。月照纱窗，恨依依。

浣人衣：污人衣裳。　绣户金扉：华美之门窗，闺人所居。

赏析

秋去的燕子又飞回，看它们衔泥垒窝，令人羡慕。思妇的居所是完美无缺的，但形单影只，再美的花无人共赏，再好的月独照纱窗。思念生恨。

双双蝶翅涂铅粉，咂花心。绮窗绣户飞来稳，画堂阴。　　二三月爱随飘絮，伴落花，来拂衣襟。更剪轻罗片，傅黄金。

铅粉：涂面的化妆品。　轻罗片：形容蝶翅轻薄。　傅黄金：敷黄金，形容蝶翅的颜色。

赏析

寂寥的日子里，看绮窗绣户，都是单调。蝴蝶翩然，便是无聊生活的一抹亮色。蝴蝶忙碌，蝶翅轻盈，与大自然浑然一体。暗指闺妇的心，却因相思而沉重。

柳含烟

　　隋堤柳，汴河春，夹岸绿阴千里。龙舟凤舸木兰香，锦帆张。　　因梦江南春景好，一路流苏羽葆。笙歌未尽起横流，锁春愁。

　　汴河：即汴水，又名通济渠。隋炀帝游江都经此道，今久废。　　龙舟句：隋炀帝所乘木兰树制成的龙舟、凤舸。　流苏羽葆：皇帝仪仗中车马的装饰。流苏：五彩羽毛制成的穗子。羽葆：车上以鸟羽连缀作为装饰的华盖。　起横流：发生变故。即隋亡。

赏析

　　汴河旁的隋堤柳，曾见证过最繁华的时刻。那是隋炀帝以为的盛世，极尽铺张奢华之能事。只是柳树终究看见热闹的迅速收场。于柳，又平添一场春愁。

明　文徵明　白玉兰图

河桥柳，占芳春，映水含烟拂路。几回攀折赠行人，暗伤神。　　乐府吹为横笛曲，能使离肠断续。不如移植在金门，近天恩。

横笛曲：乐府横吹曲中的《折杨柳曲》，辞多伤别之作。　移植在金门：用唐宣宗取永丰坊垂柳植于禁中的事。金门：金马门，代指皇宫。

赏析

柳树可以栽种到很多地方，而河桥柳，独哀怨。总被攀折赠别，总要共鸣离愁别绪。末两句提出要求，不想再见离别，惟愿近天恩。拟人手法，活灵活现。

章台柳，近垂旒^{liú}，低拂往来冠盖。朦胧春色满皇州，瑞烟浮。　　直与路边江畔别，免被离人攀折。最怜京兆画蛾眉，叶纤时。

垂旒：帝王冠冕上的装饰，用丝绳系玉下垂。此处代指帝王。　冠盖：官吏的服饰和车乘，借指官吏。　皇州：京城。　瑞烟：祥瑞的烟气。　直：即使。　京兆画蛾眉：用汉京兆尹张敞为其妻画眉事，形容柳叶纤细如眉。

赏析

"垂旒""瑞烟"，非正面写柳，而与柳之神态相融合，殊见细巧处。自起笔至"攀折"，文气一贯。街边所植之柳，最羡慕的是夫婿为女子所画之柳叶眉，殆有情思。

御沟柳，占春多，半出宫墙婀娜。有时倒影蘸轻罗，麹尘波。　　昨日金銮巡上苑，风亚舞腰纤软。栽培得地近皇宫，瑞烟浓。

御沟柳：植于御沟旁的禁苑柳树。　轻罗：喻御沟水。　麹尘：淡黄色。　金銮：金銮殿。此处代指皇帝。　上苑：皇帝的庭苑。　风亚：被风吹低。　舞腰：形容柳条。　得地：得到适宜生长的土壤。

赏析

植于御沟旁的柳树，犹如得宠的妃子。所以一写柳之姿态万千，"麹尘波"句，语甚新丽，妩媚之相。二写近皇恩的心情喜悦，亦有如士子得到皇帝的重视。

牛希济

牛希济，约公元913年前后在世，狄道（今甘肃临洮）人，牛峤兄子。前蜀王衍时，曾任翰林学士、御史中丞。前蜀亡，随后主入洛。后为明宗所称赏，拜雍州节度副使。

临江仙

峭碧参差十二峰，冷烟寒树重重。瑶姬宫殿是仙踪。金炉珠帐，香霭昼偏浓。　　一自楚王惊梦断，人间无路相逢。至今云雨带愁容。月斜江上，征棹动晨钟。

瑶姬：即巫山神女。　香霭：焚烧香料的烟气。　一自句：用宋玉《高唐赋》中楚王梦神女事。　云雨：喻男女幽会。　征棹：远行的船只。

赏析

全词咏巫山神女事，系比兴，寄亡国之感也。词风芊绵温丽极矣，读之自有凭吊凄怆之意。"至今"二字归至眼前，使实处俱化空灵。"月斜江上"，令人有空虚怅惘之感。

谢家仙观寄云岑，岩萝拂地成阴。洞房不闭白云深。

当时丹灶，一粒化黄金。　　石壁霞衣犹半挂，松风长似鸣琴。时闻唳鹤起前林。十洲高会，何处许相寻。

　　谢家仙观：指谢女修行的道观。　　寄：坐落。　　云岑：云山。丹灶：道士炼丹的炉灶。　　一粒化黄金：丹砂化为一粒黄金，谓丹已炼成。　　霞衣：云霞绕遮石壁如衣蔽体，故云。　　十洲：道教谓八方大海中十处神仙居所。

赏析

　　此首似咏女仙谢自然，谢女得道于谢女峡，成仙故事已见记载。其过程虽曲折，然词意固不在此，在于从仙迹、环境上落笔，不正面抒写，以避其事实之繁芜纠缠也。

　　渭阕宫城秦树凋，玉楼独上无憀。含情不语自吹箫。调清和恨，天路逐风飘。　　何事乘龙人忽降，似知深意相招。三清携手路非遥。世间屏障，彩笔画娇娆。

　　渭阕宫城：秦的宫城，因地近渭水，故称。　　秦树：秦地的树木。　　天路：此指弄玉升仙之路。　　何事：何故。　　乘龙人忽降：用《神仙传》春秋时萧史善吹箫，作凤鸣，一夕吹箫引凤，萧史乘龙，与秦穆公女弄玉乘凤升天而去之事。　　三清：道家谓天人两界之外，别有玉清、太清、上清，合称三清，乃神仙所居仙境。　　娇娆：美人。此指弄玉。

赏析

　　弄玉是秦穆公的女儿，被父亲嫁给了善于吹箫的萧史。本来是包办婚姻，却成就了夫妻一同修行成仙的佳话。最终弄玉乘凤，萧史乘龙，二人升天而去。

江绕黄陵春庙闲，娇莺独语关关。满庭重叠绿苔斑。阴云无事，四散自归山。　　箫鼓声稀香烬冷，月娥敛尽弯环。风流皆道胜人间。须知狂客，判死为红颜。

黄陵春庙：即黄陵庙。湖南省湘阴县内祭祀娥皇、女英二妃的祠庙。　弯环：弯曲如环。此以月娥之眉喻月牙之状。　判死：犹拼死。

赏析

一首令人意外的作品。娥皇女英，端坐庙内。庙外的环境，日升月落，寻常人间。而末两句陡然势转，情重如斯，似是对典雅情感的挑战，将平庸日子撕裂出口子。

素洛春光潋滟平，千重媚脸初生。凌波罗袜势轻轻。烟笼日照，珠翠半分明。　　风引宝衣疑欲舞，鸾回凤翥堪惊。也知心许恐无成，陈王辞赋，千载有声名。

素洛：清澈的洛水。　千重：层层叠叠，形容洛水潋滟波光。　媚脸：妩媚之容貌，代指洛神宓妃。　凌波句：形容洛神步履轻盈。语出曹植《洛神赋》："凌波微步，罗袜生尘"。　鸾回凤翥：形容宓妃仙姿如鸾凤回翔飞舞。翥：鸟振翅而飞。　陈王辞赋：指陈思王曹植作《洛神赋》。

赏析

　　洛神之美，正不在寻常美艳在于出场时卷起的千重波浪，在
于举步而行时的飘然出尘，在与空气、水波互动时的翩然美态。
而洛神之美与陈王辞赋相遇，于彼此皆为幸甚！

　　柳带摇风汉水滨，平芜两岸争匀。鸳鸯对浴浪痕新。
弄珠游女，微笑自含春。　　轻步暗移蝉鬓动，罗裙风
惹轻尘。水精宫殿岂无因。空劳纤手，解佩赠情人。

唐　张萱　捣练图

平芜：草木丛生的原野。　弄珠游女：用《列仙传》中江妃二女逢郑交甫，解佩玉赠交甫事。　水精宫殿：游女所居之处。　情人：指郑交甫。

赏析

文人的梦想之一便是遇仙。仙多情而缱绻，仙只在付出爱却无需索取被爱。而遇仙的时光也终会短暂，不误自己的红尘人生。

洞庭波浪飐晴天，君山一点凝烟。此中真境属神仙。玉楼珠殿，相映月轮边。　　　万里平湖秋色冷，星辰垂影参然。橘林霜重更红鲜。罗浮山下，有路暗相连。

　　飐：摇动。　君山：洞庭山，在洞庭湖中。　此中句：出自晋王嘉《拾遗记》卷十《洞庭山》："洞庭山浮于水上，其下有金堂数百间，帝女居之。"　参然：参差不齐。　罗浮山：传说中的仙山。在广东省增城、博罗、河源等县间。　有路句：用南朝宋谢灵运《罗浮山赋序》关于洞庭与罗浮山相连的记载。

赏析

　　作者的想象在于洞庭湖面之下，那是神仙世界，曾有采药人误入，发现那里迥然天清霞耀，丹楼琼玉，更有众女仙，霓裳冰颜。此词语丽而思深。

欧阳炯

欧阳炯（896—971），益州华阳（今四川成都）人，在前后蜀任职为中书舍人。后主孟昶广政三年（940），官武德军节度判官，为赵崇祚所编《花间集》作序。

浣溪沙

落絮残莺半日天，玉柔花醉只思眠。惹窗映竹满炉烟。　　独掩画屏愁不语，斜欹瑶枕髻鬟偏，此时心在阿谁边。

半日天：日午，一日之半。　玉柔花醉：状女子娇柔无力之态。　阿谁：疑问代词。犹言谁，何人。

赏析

静态的画面里，是午睡的娇艳女子。动态的画面里，有炉烟飘飞。动静相宜的时空里，作者抛出一个问句，女子仍然有着萌动的情思，心在何方，相思何系？

天碧罗衣拂地垂，美人初着更相宜。宛风如舞透香肌。　　独坐含嚬吹凤竹，园中缓步折花枝。有情无力

銀漢槎

良辰近七夕花亦有牽牛

鷺溚銀河曙涼生玉宇秋

哥香臨月榭送巧入星樓

雜茂添佳興鑒詩好唱酬

惲氏蕭溪

清 鄒一桂 牽牛花圖

泥人时。

兰碧罗衣：浅碧色罗衣。　宛风：柔风。　泥人：犹言缠磨人也。

赏析

　　五代时李煜伎妾尝染浅碧色，经夕未收，会露下，色愈鲜明。李煜爱之，后宫中竞收露水染碧以衣之，谓之天水碧。天水碧是美丽的错误，是伎妾想要讨得宠爱的喜剧结果。而世上多少颜色得人赏识？多少女子得其爱怜？

　　　相见休言有泪珠，酒阑重得叙欢娱。凤屏鸳枕宿金铺。　兰麝细香闻喘息，绮罗纤缕见肌肤，此时还恨薄情无。

　　金铺：金饰的门上铺首，用以衔环。此处代指闺房。　无：否，表疑问。

赏析

　　艳情词，写销魂景况温柔乡。尝谓美人一日有嗔怪时方有趣，一年有病苦时方有韵，一生有别离时方有情。作者深谙此道。情真虽艳无伤。

三字令

　　春欲尽，日迟迟，牡丹时。罗幌卷，翠帘垂。彩笺书，红粉泪，两心知。　　人不在，燕空归，负佳期。香烬落，枕函敧。月分明，花淡薄，惹相思。

日迟迟：形容春日天长和暖。后以"迟日"指春日。　罗幌：丝罗帷幔。　枕函敧：枕头倾斜。敧:倾斜。

赏析

此首每句三字，笔随意转，一气呵成。"罗幌"两句，记人在帘内之无绪。"彩笺"两句，记人在帘内之感伤。燕归人不归，空负佳期。

半敲歌風用霞井一枝千

尊損春山

凝香館臨宋人紈扇本

白雲外史壽平

清 恽寿平　桃花图

● 花间集卷六

欧阳炯

南乡子

嫩草如烟，石榴花发海南天。日暮江亭春影渌，鸳鸯浴，水远山长看不足。

海南天：泛指南方地区。　春影：春日景物的影子。

赏析

初到南方的人，总会被无处不在的绿意，大自然的丰茂而惊艳。此时的北方或许绿色还罕见，南方已是花开水暖。结句"看不足"三字正道出此种惊艳感。

画舸停桡，槿花篱外竹横桥。水上游人沙上女，回顾，笑指芭蕉林里住。

画舸：彩饰大船。　桡：船桨。　回顾：回头看。

赏析

南方泽国，水域范围极广。这时船上的人看岸边，岸上的人看船上的异乡人，本地的女子们回头看，笑语声掩映在同样具有南国风情的芭蕉林里。

　　岸远沙平，日斜归路晚霞明。孔雀自怜金翠尾，临水，认得行人惊不起。

　　金翠尾：孔雀金黄翠绿的尾羽。

赏析

　　孔雀于他处为珍禽，在南中则习见，故见人不惊。作者用意在此。孔雀自怜翠尾，故见丽妆则开屏自炫，临清流而顾影，深得物理。

　　洞口谁家，木兰船系木兰花。红袖女郎相引去，游南浦，笑倚春风相对语。

　　木兰船：木兰树所造之船。后常用为船的美称。　相引：相招、相约。

赏析

　　信笔剪景，而南国民间，痴儿憨女，无邪无虑之情常见。"木兰船系木兰花"，淡语而俊者也。

　　二八花钿，胸前如雪脸如莲。耳坠金镮穿瑟瑟，霞衣窄，笑倚江头招远客。

宋 佚名 牡丹图页

二八花钿：指少女。二八：十六岁。花钿：花形首饰。　瑟瑟：碧色宝石。　霞衣：喻轻柔艳丽的衣服。

赏析

对于女妓的描写，前并未见出独特的南国风情。只到末句，一是地点在江头，是南方水乡的地域特色；二是招远客，可知往来异乡客居多。

　　路入南中，桄榔叶暗蓼花红。两岸人家微雨后，收红豆，树底纤纤抬素手。

南中：本指川南、云贵或岭南，泛指南方。　桄榔：树名。俗称砂糖椰子、糖树。常绿树。　树底：树下。

赏析

写南中风土，人物如画。"两岸人家微雨后，收红豆"，致极清丽，触物生情，有如此境。后写少女们采撷红豆的情景，是一幅富有生活气息的画面。

　　袖敛鲛绡，采香深洞笑相邀。藤杖枝头芦酒滴，铺
葵席，豆蔻花间趖晚日。
　　　　　　suō

鲛绡：相传为鲛人所织的绡。此处指手帕。　采香：采集香料。古时南方出香料，人多采香为业。　葵席：葵草所织之席。　趖：走，移动。

洞天席地，且饮且叙。不觉豆蔻花间日影西斜，时间就这样慢悠悠地过去，在酒香里，在花丛间，在天地中。

翡翠鵁鶄，白蘋香里小沙汀。岛上阴阴秋雨色，芦花扑，数只渔船何处宿。

沙汀：水边或水中的沙地。

赏析

欧阳炯咏南方风物，以妍雅之笔出之。写物真切，朴而不俚。一洗绮罗香泽之态，而八首起句无一重复，结语皆有余思，允称合作。

献衷心

见好花颜色，争笑东风。双脸上，晚妆同。闭小楼深阁，春景重重。三五夜，偏有恨，月明中。　　情未已，信曾通，满衣犹自染檀红。恨不如双燕，飞舞帘栊。春欲暮，残絮尽，柳条空。

双脸二句：言女子妆脸与花色同艳。　三五夜：农历十五日夜。　满衣句：或谓衣衫沾染粉泪。

赏析

起首超忽而来，毫端神妙，不可思议。"三五夜"，"月明中"，忽加入"偏有恨"三字，奇绝。下半片言明恨从何来，无法双宿双飞。

贺明朝

忆昔花间初识面，红袖半遮，妆脸轻转。石榴裙带，故将纤纤玉指偷撚（niǎn），双凤金线。　　碧梧桐锁深深院。谁料得两情，何日教缱绻。羡春来双燕，飞到玉楼，朝暮相见。

偷撚：暗中揉搓。　双凤金线：金线所绣之双凤。　缱绻：纠缠萦绕。引申为不离散。形容感情深厚缠绵。

赏析

先忆欢会场景，花间人面娇艳，暗中揉搓着自己的裙带，女子初见时的害羞不安跃然纸上。谁料从此情根深植，却又瞬间别离。于是羡慕双燕，期盼相见。

忆昔花间相见后，只凭纤手，暗抛红豆。人前不解，巧传心事，别来依旧，辜负春昼。　　碧罗衣上蹙金绣。睹对对鸳鸯，空裛泪痕透。想韶颜非久，终是为伊（yī），只恁偷瘦。

暗抛红豆：暗中抛掷红豆，以表相思情。　蹙金绣：用金丝银线刺绣成绉纹状。　裛：沾湿。　韶颜：美好容颜。　恁：如此，这样。

赏析

似是一段无法言说的情感，花间相见定情后，情便成了无法见光的秘密。只是不止白天的遮掩，夜晚亦要被辜负。黑夜、眼泪、消瘦，便是情的代价。

江城子

晚日金陵岸草平，落霞明，水无情。六代繁华，暗逐逝波声。　　空有姑苏台上月，如西子镜，照江城。

金陵：今南京。　六代：指东吴、东晋、宋、齐、梁、陈六个定都金陵的朝代。　逝波：指一去不返的流水。　姑苏台：在今江苏苏州市西南姑苏山上，为春秋时吴国修筑。　西子：指西施。

赏析

此词如怀古诗。以超拔的视角俯瞰六朝古都的兴衰成败，吊古伤今，而吐辞温婉。妙处在"如西子镜"一句，横空牵入，遂尔推陈出新。

凤楼春

凤髻绿云丛，深掩房栊。锦书通，梦中相见觉来慵。勺面泪，脸珠融。因想玉郎何处去，对淑景谁同。　　小楼中，春思无穷。倚栏颙望，暗牵愁绪，柳花飞起东风。斜日照帘，罗幌香冷粉屏空。海棠零落，莺语残红。

房栊：窗棂。　勺面二句：言女子勺面时泪珠融化了脂粉。玉郎：对男子的美称。　谁同：与谁同。

赏析

爱是分享，然而分离让人疑猜：如此美景，你又会与何人分享？末句"海棠零落，莺语残红"，好景良辰易过。风雨忧愁各半，念之使人惘然。

和凝

和凝（898—955），字成绩，五代词人。曾官翰林学士知制诰等职。好文学，长于短歌艳曲。

小重山

春入神京万木芳。禁林莺语滑，蝶飞狂。晓花擎露妒啼妆。红日永，风和百花香。　　烟锁柳丝长。御沟澄碧水，转池塘。时时微雨洗风光。天衢远，到处引笙篁。

神京：帝都。　禁林：皇家园林。　莺语滑：莺叫声流利。　擎露：指上擎的花朵上之露珠。　啼妆：妇女以粉薄拭目下，好像啼痕。　日永：日长。　天衢：指京都的大路。借指京都。　笙篁：竹制管乐器。

赏析

和凝当石晋全盛之时，身居相位，此作描写的就是和凝眼中的京城景致。从宫廷内到京城中，时时风光，处处笙篁。此作藻丽有富贵气。

正是神京烂熳时。群仙初折得，郑诜枝。乌犀白纻^{zhù}

最相宜。精神出，御陌袖鞭垂。　　柳色展愁眉。管弦分响亮，探花期。光阴占断曲江池。新榜上，名姓彻丹墀。^{chí}

郄诜枝：事见《晋书·郄诜传》。郄诜自称："臣举贤良对策，为天下第一，犹桂林第一枝，昆山之片玉。"此处指科举及第，即折桂。　　乌犀：黑犀，装饰物。　　白纻：白色纻麻所织的衣服。此指与品色衣相对的白衣，士人未得功名时所穿衣服。　　御陌：京城中的大道。　　探花期：指进士初宴的时间。唐时进士在曲江、杏园初宴，称探花宴，以进士、少俊者二人为探花使。　　丹墀：漆成红色的石阶，代指朝廷。

赏析

神京烂熳时，亦是金榜题名时。已觉自己与众人相比，是仙凡之别。于是精心搭配服饰，见柳叶开颜，听管弦响亮，赴曲江盛宴。人生新的格局即将展开。

临江仙

海棠香老春江晚，小楼雾縠涳濛。翠鬟初出绣帘中，麝烟鸾佩惹蘋风。　　碾玉钗摇鸂鶒战，雪肌云鬓将融。含情遥指碧波东，越王台殿蓼花红。

香老：花谢。　　雾縠：原指如薄雾的轻纱，此处指薄如轻纱的云雾。　　涳濛：微雨迷茫貌。　　麝烟：焚烧麝香的烟气。　　碾玉句：言鸂鶒钗在鬓鬟晃动。

赏析

烟雨空濛中，女子初出绣帘。此时的她无须再相思，看到约好的玉郎在痴情等待。于是含情遥指，蓼花深处，是相约的地方。画面生动，呼之欲出。

披袍窣^{sū}地红宫锦，莺语时转轻音。碧罗冠子稳犀簪，凤皇双飐步摇金。　　肌骨细匀红玉软，脸波微送春心。娇羞不肯入鸳衾，兰膏光里两情深。

　　窣地：拂地。　　冠子：妇人之冠。　　犀簪：用犀角制的发簪。步摇金：黄金制的步摇首饰。　　红玉：红色宝玉。古人常以喻美人肤色。　　兰膏：代指兰灯。

赏析

情人相约时的场景。上半阕极写女子服饰之盛丽，奇艳绝伦。下半阕转入情人间的柔情蜜意，销魂此际，结句状女子娇怯可思。写法细意熨帖，醉人心目。

菩萨蛮

越梅半拆轻寒里，冰清淡薄笼蓝水。暖觉杏梢红，游丝狂惹风。　　闲阶莎径碧，远梦犹堪惜。离恨又迎春，相思难重陈。

越梅：泛指南国的梅花。　半拆：花苞初开。　冰清淡薄：言水面结层薄冰。　蓝水：水名，源出秦岭。　莎径：长着莎草的小径。　重陈：再陈说，重复叙述。

赏析

越梅又开，莎径再碧，可知又迎春。可去来之间，离恨犹存，内心的惆怅犹如冰雪不化，即使在渐暖的春天里。结句用否定形式，恰言离恨之悠远绵长。

山花子

莺锦蝉縠馥麝脐，轻裾花草晓烟迷。鸂鶒颤金红掌坠，翠云低。　星靥笑偎霞脸畔，蹙金开襜衬银泥。春思半和芳草嫩，绿萋萋。

莺锦：色如莺羽之锦缎。　蝉縠：薄如蝉翼的轻纱。　麝脐：即麝香。　裾：衣襟。　鸂鶒句：言鸂鶒形饰物下垂状。　翠云：指女子丰美之发鬟。　星靥：即黄星靥、一种面妆。　霞脸：红润的面容。　襜：遮于衣前至膝的围巾。　银泥：一种用银粉调成的颜料，用以涂饰衣物和面部。此指银泥涂饰的衣裙。

赏析

被精美的妆饰堆积出来的女子，外在的繁华预示着内心的欲念与企盼亦是何等强烈。芳草嫩，春思起，少女情思萌动，有如芳草萋萋。青春的盛宴。

涉江歌采之未有芙蓉自合清设
漾還宜蕙竹封于霄枝獨茂炎日覩
長濃相對為歌舞祥光現幾重

二知桂

清 邹一桂 芙蓉竹子图

银字笙寒调正长，水纹簟冷画屏凉。玉腕重因金扼臂，澹梳妆。　　几度试香纤手暖，一回尝酒绛唇光。佯弄红丝蝇拂子，打檀郎。

银字笙：乐器。用银作字，标明音色高低。　水纹簟：水波状花纹的竹席。　金扼臂：金手镯。　蝇拂子：又称拂尘。　檀郎：代称美男子。

赏析

淡妆美人与情郎欢会场景。"寒""冷""凉"三字叠用，加之管乐清唱，画面清寒不俗。"试香"、"尝酒"一联，绝代风华，神采欲活。末两句，趣味十足，憨而不佻。

河满子

正是破瓜年几，含情惯得人饶。桃李精神鹦鹉舌，可堪虚度良宵。却爱蓝罗裙子，羡他长束纤腰。

破瓜：旧以女子十六岁为"破瓜"。瓜字拆开来两个八字，即二八之年，故称。　年几：年纪。　含情句：惯：纵容。得：语助词。人饶：要人相让，宽恕。

赏析

情窦初开的年纪，明朗娇俏。奈何遇到情字，也依然要经受考验，虚度良宵。末句最为巧妙，女子竟然羡慕束腰罗裙，只因可与情郎相伴相依。可谓相思之极。

写得鱼笺无限，其如花锁春辉。目断巫山云雨，空教残梦依依。却爱熏香小鸭，羡他长在屏帏。

鱼笺：蜀地的笺。这里代指情书。　其如：怎奈；无奈。　熏香小鸭：鸭形小香炉。

赏析

羡慕是一种幽深的情绪。羡慕对象所具有的特质，正是自己莫大的缺憾。香炉可长伴在君侧，而我不能。此词灵动。

薄命女

天欲晓，宫漏穿花声缭绕，窗里星光少。冷雾寒侵帐额，残月光沉树杪。梦断锦帏空悄悄，强起愁眉小。

帐额：床帐前幅的上端所悬之横幅。俗称帐檐。　树杪：树梢。　愁眉小：指女子之眉因愁蹙结而显短小。

赏析

词写天曙之状。是女子在好梦醒来时所见之景，晓月残照，树影婆娑，不禁愁从中来。至"愁眉"句始表明闺怨。愁绪万千是怀春之思，亦是闺妇之情。

望梅花

春草全无消息，腊雪犹余踪迹。越岭寒枝香自拆，
冷艳奇芳堪惜。何事寿阳无处觅，吹入谁家横笛。

腊雪：冬至后立春前下的雪。　越岭：越城岭。在今广西金州、
资源等县之间。梅花以大庾岭最盛，此泛言之。　寿阳：南朝宋
武帝女寿阳公主。此用其梅妆事。　横笛：横笛曲。此指《梅花落》。

赏析

咏梅词。首两句渲染环境，呼之欲出。三四句点出梅花冷艳
特质，五句转，与人相连，梅花顿生意趣。末句奔赴"横笛"二字，
梅花进入音乐，则鲜活永生。

天仙子

柳色披衫金缕凤，纤手轻捻红豆弄。翠蛾双脸正含
情，桃花洞，瑶台梦。一片春愁谁与共。

金缕凤：金线刺绣的凤凰图案。　桃花洞：刘晨、阮肇在天
台山采药遇仙女的地方。　瑶台：神话中神仙居住的地方，以五
色玉为台基。

道教于并世诸宗教中，最富诗意，亦近人情。服食炼形，固不外生命之追求；然此词中之女冠，尚有一关，不能打破，亦不求打破，即"一片春愁谁与共"。

洞口春红飞蔌蔌，仙子含愁眉黛绿。阮郎何事不归来，懒烧金，慵篆玉。流水桃花空断续。

洞口：此处指桃源洞口。　蔌蔌：象声词。此处指风吹落花声。　烧金：指点燃金香炉。　篆玉：指篆书道家符箓。获谓焚香作篆文，即盘香。

赏析

花雨霏红，愁眉锁绿，年年流水依然，奈阮郎不返。写闺思而托之仙子，不作喁喁尔汝语，乃词格之高。

顾夐

顾夐，生卒年不详。五代十国后蜀词人。累官至太尉。

虞美人

晓莺啼破相思梦，帘卷金泥凤。宿妆犹在酒初醒，翠翘慵整倚云屏，转娉婷。　　香檀细画侵桃脸，罗袂轻轻敛。佳期堪恨再难寻，绿芜满院柳成阴，负春心。

金泥凤：金屑所饰的凤形花纹。　香檀：浅红色化妆品。　桃脸：形容女子面若桃花。　绿芜：丛生的绿草。

赏析

上阕让人联想到前夜，美人应是酒醉后，尚未卸妆，就匆匆睡去。为何饮酒，"相思梦"道破天机。今晨重新妆容精致，然而心知又不过是辜负了美丽，辜负了春心。

触帘风送景阳钟，鸳被绣花重。晓帏初卷冷烟浓，翠匀粉黛好仪容，思娇慵。　　起来无语理朝妆，宝匣镜凝光。绿荷相倚满池塘，露清枕簟藕花香，恨悠扬。

景阳钟：南齐武帝以宫深不闻端门鼓漏声，置钟于景和殿上。

官人闻钟声，早起妆饰。　　粉黛：妇女化妆品。粉以饰面，黛以画眉。　　宝匣：指镜匣。

赏析

　　美人循例起床梳妆，只是词中展现的过程，并无清晨的喜悦与期盼。精心妆饰是一种惯例，动作娴熟而无生气。末句道出缘由，失望太久，竟成了恨。

　　翠屏闲掩垂珠箔，丝雨笼池阁。露粘红藕咽清香，谢娘娇极不成狂，罢朝妆。　　小金鸂鶒沉烟细，腻枕堆云髻。浅眉微敛注檀轻，旧欢时有梦魂惊，悔多情。

　　珠箔：珠帘。　　不成：难道，表诘问。　　小金鸂鶒：金香炉。　　沉烟：沉香之烟。　　注檀轻：浅涂红唇。

赏析

　　飘雨的夏日，一个和妆容较劲的女子，沉吟情思。念及旧情，亦静亦穆，亦娇亦腻。千回百转后，觉来亦悔。情为之累，多情自然多悔，然而悔之晚矣。

　　碧梧桐映纱窗晚，花谢莺声懒。小屏屈曲掩青山，翠帏香粉玉炉寒，两蛾攒。　　颠狂少年轻离别，辜负春时节。画罗红袂有啼痕，魂销无语倚闺门，欲黄昏。

　　屈曲：小屏上用以折叠的环纽。　　两蛾攒：双眉愁聚。　　颠狂：

放浪不受约束。 画罗：有画饰的丝织品。

赏析

春天的渐近尾声，让等待相思的女子感慨良多。大概情人太年少轻狂了吧，所以才将沉重的离别看得如此轻易。终是无计可施，看天欲黄昏。

深闺春色劳思想，恨共春芜长。黄鹂娇啭讹芳妍，杏枝如画倚轻烟，琐窗前。 凭栏愁立双娥细，柳影斜摇砌。玉郎还是不还家，教人魂梦逐杨花，绕天涯。

劳思想：勤思念。 春芜：春日的杂草。 双娥：即双蛾，双眉。 摇砌：在台阶上摇晃。

赏析

因思恋而生恨，像春草一样愈长愈盛，此句精炼。"讹芳妍"，意柔言索物，新巧传神。后结三句，一气呵成，笔势流转。"绕天涯"三字，结得自然。

少年艳质胜琼英，早晚别三清。莲冠稳簪钿篦横，飘飘罗袖碧云轻，画难成。 迟迟少转腰身袅，翠靥眉心小。醮坛风急杏枝香，此时恨不驾鸾凰，访刘郎。

琼英：似玉的美石。 三清：神仙居所，仙境。 莲冠：即青莲冠，道士所戴莲形冠。 钿篦：饰以金珠之细梳。 醮坛：

道士祈祷的坛。

赏析

　　女冠本逐仙境而去，清净自然，云淡风轻。女冠的性情也应恬淡如是。而此词中的女冠，少年艳质，心中却有所盼所急，结句道明原因。情有所系。

秋氣到襟事　秋雲初滿

雛抽豪勁真抱花圍猶

清 惲壽平　洛阳花图

● 花间集卷七

顾夐

浣溪沙

春色迷人恨正赊，可堪荡子不还家。细风轻露著梨花。　帘外有情双燕飏，槛前无力绿杨斜。小屏狂梦极天涯。

赊：长，远。　可堪：哪堪。　飏：飞扬。

赏析

春色的迷人与闺阁的寂寥，帘外的双燕与帘内的独居，对比中愈加期盼背后的失望之深。结句振起全阕，白日尚有矜持，夜晚则荒诞春梦，表情无遗。

红藕香寒翠渚平，月笼虚阁夜蛩^{qióng}清。塞鸿惊梦两牵情。　宝帐玉炉残麝冷，罗衣金缕暗尘生。小窗孤烛泪纵横。

翠渚：苍翠的州渚。　虚阁：高入虚空的阁楼。此指女子空闺。　蛩：蟋蟀。

赏析

　　夜蛩属于思妇，塞鸿属于征人，故以"两牵情"关合之。二者原属并列，而参错出之，融合无痕，正其佳处。末句"泪纵横"三字，兼人与烛而言，妙在两不分明。

　　荷芰风轻帘幕香，绣衣鸂鶒泳回塘。小屏闲掩旧潇湘。　　恨入空帏鸾影独，泪凝双脸渚莲光。薄情年少悔思量。

　　荷芰：荷花与菱角。　绣衣鸂鶒：鸂鶒毛羽如绣衣。　潇湘：指屏风上所画潇湘图。　鸾影：喻女子身影。　渚莲光：言女子带泪之脸颊如莲花上之露光。

赏析

　　夏日荷香，女子的脸上泪光也如莲光。清雅芬芳，内心却独一个"悔"字。嫦娥悔偷灵药，悔不该离开；独上妆楼的妇人，悔的是夫婿不该封侯。如此"悔"深，年少时不该遇见你，不该有心动思量的那一刻。

　　惆怅经年别谢娘，月窗花院好风光。此时相望最情伤。　　青鸟不来传锦字，瑶姬何处琐兰房。忍教魂梦两茫茫。

　　经年：经过一年或若干年。　青鸟：《汉武故事》中为西王母传信的鸟。此处代指信使。　锦字：即织锦字书，代指书信。　瑶姬：神女，即巫山神女。代指所思念的女子。

赏析

　　最情伤的时刻不是最苦闷的时候，反而是风光最好的时候。爱就是想要分享而不能分享，期望、失落、惦念，几层情绪的累加，便是情重。

　　庭菊飘黄玉露浓，冷莎偎砌隐鸣蛩^{suō}。何期良夜得相逢。　　背帐风摇红蜡滴，惹香梦暖绣衾重。觉来枕上怯晨钟。

　　玉露：秋露。　冷莎偎砌：萧瑟的莎草偎倚庭阶而长。　鸣蛩：蟋蟀。　何期：岂料，没有想到。

赏析

　　本是凄冷的秋夜，相思的人心中并无盼望。然而一场相会的春梦猝不及防的来临，情热梦暖，心生贪恋。此时才想要颠倒妄想，梦境与现实不要那么截然分明，更不需要晨钟来提醒界限。

　　云澹风高叶乱飞，小庭寒雨绿苔微。深闺人静掩屏帏。　　粉黛暗愁金带枕，鸳鸯空绕画罗衣。那堪辜负不思归。

　　粉黛：指美女。此处代指闺中人。

己未春日写似

仲翁老先生

谢荪 [印]

清 谢荪 荷花图

　　静谧的画面里，心是沉静的，思念是沉静的，忧愁是暗沉的。词境婉约。全词结在第六句，看似寻常，似质直，而语新情挚。

　　雁响遥天玉漏清，小纱窗外月胧明。翠帏金鸭炷香平。　何处不归音信断，良宵空使梦魂惊。簟凉枕冷不胜情。

　　雁响：雁鸣。　玉漏：计时漏壶的美称。　炷香：犹焚香也。使香料平铺于香炉中燃烧。　不胜情：离情难以禁受。

赏析

　　听到时间流逝的声音。女子的心在远方，无望又不放弃地寻觅。因此梦醒时，有人会贪恋梦中的温暖，而女子心魂骤然分离而心惊。空虚寂寞之情，见于结句。

　　露白蟾明又到秋，佳期幽会两悠悠。梦牵情役几时休。　记得诋人微敛黛，无言斜倚小书楼。暗思前事不胜愁。

　　蟾明：月明。　诋人：即泥人，软缠人。

赏析

　　这分明是个有趣的女子，"诋人""敛黛"，宜嗔宜喜，意态生动。而这生动有趣，只能体现在与情人互动的时刻。此时寂寥，只能无言惆怅。

酒泉子

杨柳舞风，轻惹春烟残雨。杏花愁，莺正语，画楼东。　　锦屏寂寞思无穷，还是不知消息。镜尘生，珠泪滴，损仪容。

镜尘生：言妆镜闲置而蒙尘。

赏析

意象的情态会跟随主人公的心境而转变，所以杨柳是故意来招惹人的，雨是残留的，杏花都是忧愁的。可知心若愁绝，天地为之变色。

罗带缕金，兰麝烟凝魂断。画屏欹，云鬓乱，恨难任。　　几回垂泪滴鸳衾，薄情何处去。月临窗，花满树，信沉沉。

烟凝：即凝烟，烟雾浓密。　　薄情：指薄情人。

赏析

首先呈现一幅凌乱的画面，在画面中，所有本来精美的物象都凌乱了。物象的凌乱均指向心绪的凌乱不安，于是自然发问，背后的原因是什么？

小槛日斜，风度绿窗人悄悄。翠帏闲掩舞双鸾，旧香寒。　　别来情绪转难拚，韶颜看却老。依稀粉上有啼痕，暗销魂。

风度：风吹过。　舞双鸾：言帐帏上的舞鸾图案。　难拚：难舍。　看却老：看又老。

赏析

天色黄昏，提示时间的过去。令女子心惊的，更是她容颜的老去。相思催人老，而对旧时女子而言，容颜老去更是生活的大敌。如此恶性循环。

黛薄红深，约掠绿鬟云腻。小鸳鸯，金翡翠，称人心。　　锦鳞无处传幽意，海燕兰堂春又去。隔年书，千点泪，恨难任。

黛：眉黛。　红：胭脂。　约掠：梳拢。　锦鳞：鱼。此处指传书的鱼。　兰堂：芳洁的厅堂。用为厅堂之美称。

赏析

镜前的女子还在精心妆点着自己，妆容发饰，精巧首饰。但接下来要面对的问题，就是妆成给谁看？于是心陷入一片沉寂，音讯是去年的，眼泪却是常有的。

掩却菱花，收拾翠钿休上面。金虫玉燕锁香奁，恨

164

厌厌。　　云鬟半坠懒重篸，泪侵山枕湿。银灯背帐梦
方酣，雁飞南。

休上面：不画面妆，不戴首饰。　金虫玉燕：皆头饰。　厌厌：
精神不振。　重篸：重新插戴。

赏析

放弃上妆，镜子、钗环、首饰等等，却是女子最重要的生活
情节。所以弃妆的背后，是泪湿山枕，是希望落空。结句是又一
次的燃起希望，读之心伤。

水碧风清，入槛细香红藕腻。谢娘敛翠恨无涯，小
屏斜。　　堪憎荡子不还家，谩留罗带结。帐深枕腻炷
沉烟，负当年。

谩留：空留。

赏析

同心结尚留手中，分明时间太久，竟好似成了一个讽刺。女
子的恨不仅是对不还家的荡子，亦是对自己空过时光的恨，是对
当年深情错付的恨。

黛怨红羞，掩映画堂春欲暮。残花微雨隔青楼，思
悠悠。　　芳菲时节看将度，寂寞无人还独语。画罗襦，
香粉污，不胜愁。

黛怨红羞：眉黛含怨，面颊羞红。　　青楼：豪华精致的楼房。

赏析

此时的相思尚在隐晦低回，内心有怨，却羞不能言。因此一切景物也是含蓄的，画堂掩映，微雨隔楼。情景交融，谐婉韵长。

杨柳枝

秋夜香闺思寂寞，漏迢迢。鸳帏罗幌麝烟销，烛光摇。　　正忆玉郎游荡去，无寻处。更闻帘外雨潇潇，滴芭蕉。

迢迢：言漏声悠长。　　销：燃尽。

赏析

"鸳帏"二句言室内孤凄之况，"帘外芭蕉"言室外萧瑟之音。皆在说明玉郎一去，相逢之难。"滴芭蕉"三字，从"雨"字引出，别有意致。

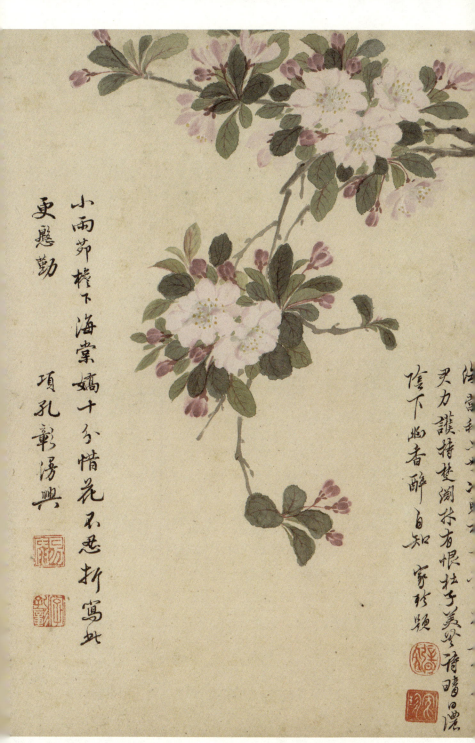

小雨荒檐下海棠嬌十分惜花不忍折寫此更慇懃　項孔彰湯興

灵力護持楚澗林有恨杜子美幾持曙口濃　幄下幽香醉自知　家珍題

明　項聖謨　花卉十开（其一）

孙光宪

孙光宪（？—968），字孟文，自号葆光子，陵州贵平（今四川仁寿东北）人。平生好读书，藏书颇丰，亦善词，被认为是继温庭筠、韦庄之后又一大家。

浣溪沙　九首

　　蓼岸风多橘柚香，江边一望楚天长。片帆烟际闪孤光。　　目送征鸿飞杳杳，思随流水去茫茫。兰红波碧忆潇湘。

蓼岸：开满蓼花的江岸。　楚天：泛指今湖北、湘南一带。　孤光：远处映射的光。　兰红：即红兰。兰草的一种。

赏析

　　船动则人去，帆远则情牵，人之一生，此景岂罕见罕历哉？见此景历其境能无感触乎？以此启下片目送征鸿之杳杳，不免往事之无尽缠绵。俯仰之间，时空递变，情境随景物纷陈展布于读者之前矣！

　　桃杏风香帘幕闲，谢家门户约花关。画梁幽语燕初还。　　绣阁数行题了壁，晓屏一枕酒醒山。却疑身是梦魂间。

约花关: 门户沿着花边。　幽语: 低声呢喃。　题了壁: 题完壁，书字于壁。　山：山枕。

赏析

春宵一夜，醉酒题诗，再伴以鸟语花香。有才可逞，有情可寄，温柔乡里，因美满而让人产生不真实感。酒醒时刻，白昼来临，现实又照进了梦境。

　　花渐凋疏不耐风，画帘垂地晚堂空。堕阶紫藓舞愁红。　　腻粉半粘金靥子，残香犹暖绣熏笼。蕙心无处与人同。

不耐风: 言不堪经受风吹。　堕阶紫藓: 言落花飘坠紫绕在台阶的苔藓上。　愁红: 谓经风雨摧残的花。　金靥子: 指黄星靥，一种面妆。　蕙心: 比喻女子纯美之心。

赏析

春去也，芳菲衰损，人亦憔悴。"愁红"句字字锤炼。而"蕙心"句甘孤秀之自馨，溯流风而独写，其寄慨深矣。非深于情者不能道。

　　揽镜无言泪欲流，凝情半日懒梳头。一庭疏雨湿春愁。　　杨柳只知伤怨别，杏花应信损娇羞。泪沾魂断轸离忧。

轸：伤痛。

赏析

相思的哀愁此时已是尽情流淌，泪流一如春雨。"一庭疏雨"，秀句也。含思绵渺，使人读之，徒唤奈何。

半踏长裾宛约行，晚帘疏处见分明。此时堪恨昧平生。　早是销魂残烛影，更愁闻着品弦声。杳无消息若为情。

半踏：小步，半步。　长裾：长襟衣服。　昧平生：即素昧平生，一向不了解。　早是：已是。　品弦：品竹调弦，泛指演奏乐曲。　若为情：何以为情，难以为情。

赏析

缓缓而行，得见此时情人。相少情多，缠绵乃尔。竟然生恨，从前的许多光阴，竟似白过了一般。欢会之后，又将是生命难以承受的空白。

兰沐初休曲槛前，暖风迟日洗头天。湿云新敛未梳蝉。　翠袂半将遮粉臆，宝钗长欲坠香肩。此时模样不禁怜。

兰沐：以兰汤洗发。　迟日：春日。　湿云：喻新沐之发。　翠
袂：绿色衣袖。　粉臆：白嫩之胸。　不禁怜：禁不住怜爱之情。

赏析

　　一幅美人新沐图。翠袂半遮，宝钗欲堕，形容兰沐初休之娇
态。情态可想，风流窈窕，我见犹怜。笔姿细腻，使结句别开一境，
不作轻便语，当更有深致。

　　风递残香出绣帘，团窠金凤舞褝褝^{kē}。落花微雨恨相
兼。　　何处去来狂太甚，空推宿酒睡无厌。争教人不
别猜嫌。

　　风递：风送。　团窠金凤：绣帘上的凤凰纹饰。　褝褝：摇
动的样子。　无厌：不安静。　别猜嫌：往别处猜疑。

赏析

　　上半阕写风雨中景，景中衬出恨情，故曰“相兼”。下半阕
写人虽回家，却推酒醉，沉睡不醒，似此情况，安得不令人生疑。
一醉一醒，一狂一谨，故结语云云。盖写妒情也。

　　轻打银筝坠燕泥，断丝高罥^{juān}画楼西。花冠闲上午
墙啼^{tuǒ}。　　粉箨半开新竹径，红苞尽落旧桃蹊。不堪终
日闭深闺。

断丝：指空气中飘浮之游丝。　高宵：高挂。　花冠：指鸡冠。亦用作雄鸡的代称。　粉箨：竹笋壳。　红苞：红花。　桃蹊：桃树下的小路。

赏析

前五句皆写景，字句妍炼，兼含凄寂。至结句言终日闭闺，所言虽泛，尚有含蓄。但得前五句为之衬托，遂成全璧。则所见景物，徒为愁人供资料耳。

乌帽斜攲倒佩鱼，静街偷步访仙居。隔墙应认打门初。　　将见客时微掩敛，得人怜处且生疏。低头羞问壁边书。

乌帽：乌纱帽。隋代帝王贵臣多戴乌纱帽。其后多为庶民、隐者之帽。　佩鱼：唐时五品官以上的佩饰，称佩金鱼袋。　仙居：神仙住所。此指所思女子居处。　打门：叩门。

赏析

游冶之作，亦见承平光景。迤逦写来，描写女儿心性、情态，无不逼真。"将见"两句，描写入神，可谓曲尽仰抑娇憨之态矣。

清 恽寿平 凤仙花图

● 花间集卷八

孙光宪

菩萨蛮

　　月华如水笼香砌，金镮碎撼门初闭。寒影堕高檐，钩垂一面帘。　　碧烟轻袅袅，红颤灯花笑。即此是高唐，掩屏秋梦长。

　　香砌：台阶之美称。或谓庭院中用砖石砌成的花池。　碎撼：闭门时门环震动轻摇。　寒影：带有寒意的影子。此句言高高的屋檐在月光里投下影子。　红颤：言灯花爆闪。　灯花：灯心的余烬，爆成花形。古人以灯花为吉兆，故称"灯花笑"。　高唐：用宋玉《高唐赋》楚王游高唐梦神女事。

赏析

　　寂静深夜里的一次幽会。初闭的门，屋檐投下的阴影，营造环境之隐秘。后半阕烛啼有泪，灯笑生花，"颤"字新，说艳情而尚能蕴藉。

　　花冠频鼓墙头翼，东方澹白连窗色。门外早莺声，背楼残月明。　　薄寒笼醉态，依旧铅华在。握手送人归，半拖金缕衣。

花冠：雄鸡。　薄寒：微寒。　铅华：铅粉，妇女妆饰品。

赏析

与前词连缀而作。后首言相别，破晓分襟，莺声残月，晓景宛然。"握手"二句，见推枕而起，揽衣未整，已唱骊歌，握手匆匆，离情无限。

小庭花落无人归，疏香满地东风老。春晚信沉沉，天涯何处寻。　　晓堂屏六扇，眉共湘山远。争奈别离心，近来尤不禁。

疏香：清淡的芳香。此指落花。　东风老：指暮春。　眉共句：言眉色如画屏上湘山。即远山眉。　尤不禁：尤其难耐。

赏析

起句即"东风无力百花残"之意，寓叹青春美貌的即将凋零。然而情人远离，女子的内心，相思与焦虑的双重折磨。结句"近来"一转，气幽情快。

青岩碧洞经朝雨，隔花相唤南溪去。一只木兰船，波平远浸天。　　扣舷惊翡翠，嫩玉抬香臂。红日欲沉西，烟中遥解艬。
                      xǐ

南溪：成都西郊锦江支流浣花溪，又称南溪。此处或泛言南边的溪流。　扣舷：敲击船帮打节拍，以应船歌。　解觿：谓解佩相赠。觿，象骨制成的解绳结的角锥，亦用为饰物。

赏析

浣花溪上，既有木兰船，亦有船上的艳遇。而艳冶之情发生在烟波江上，水光潋滟之中。情如水流，缠绵缱绻。"烟中"句则寓艳情于凄迷，韵味无穷。

木绵花映丛祠小，越禽声里春光晓。铜鼓与蛮歌，南人祈赛多。　客帆风正急，茜袖偎樯立。极浦几回头，烟波无限愁。

丛祠：乡野林间的神祠。　越禽：南方禽鸟。　铜鼓：求神所击的乐器。　蛮歌：巴楚一带民歌。　茜袖：绛红衣袖。代指红衫女子。

赏析

此词风景缠绵，自是歌曲中物。铜鼓声中，木棉花下，正蛮江春好之时。忽翠袖并船，惊鸿一瞥，方待回头，顷刻隔几重烟浦，其惆怅何如。"茜袖偎樯立"，如在目前；"烟波无限愁"，亦饶远韵。

河渎神

　　汾水碧依依，黄云落叶初飞。翠华一去不言归，庙门空掩斜晖。　　四壁阴森排古画，依旧琼轮羽驾。小殿沉沉清夜，银灯飘落香炧。

　　汾水：汾河。在今山西省境内。　黄云：秋冬的云气。　翠华：天子仪仗中以翠羽为饰的旗帜或车盖。此指汉武帝的楼船仪仗。　琼轮羽驾：指壁画上的神祇所乘车辆。　香炧：烛烬。

赏析

　　祠神的庙，白天与黑夜，皆有对比。作者的视角此时选择了冷清的深夜，白天是可以带给人们庇佑，接受人们祈福的地方，夜晚显得一片幽森。

　　江上草芊芊，春晚湘妃庙前。一方卵色楚南天，数行征雁联翩。　　独倚朱栏情不极，魂断终朝相忆。两桨不知消息，远汀时起鸂鶒。

　　芊芊：草木茂盛的样子。　湘妃庙：即黄陵庙。　卵色：喻指天色鱼肚白色。　联翩：鸟飞的样子。

赏析

　　祠庙亦成相思地，与娥皇女英思念舜帝倒也贴切。自古至今，伤离念远，黯然伤怀，此情皆然。结句尤为黯然。此词专以淡语入情，造语尤工，却微着色矣。

虞美人

红窗寂寂无人语，暗澹梨花雨。绣罗纹地粉新描，博山香炷旋抽条，暗魂销。　　天涯一去无消息，终日长相忆。教人相忆几时休，不堪枨 触别离愁，泪还流。

> 梨花雨：梨花开放时节的雨水。　博山：博山炉，古香炉名，此处代指香炉。　香炷：点燃着的香。炷，灯心。　抽条：香穗，即灯花。　枨触：感触。

赏析

　　独坐焚香，听雨声寂然，只觉心魂随烟飞而去。不怕别离，怕再见无期。词意蕴藉凄怨，读之使人意消。

好风微揭帘旌起，金翼鸾相倚。翠檐愁听乳禽声，此时春态暗关情，独难平。　　画堂流水空相翳，一穗香摇曳。教人无处寄相思，落花芳草过前期，没人知。

> 金翼鸾：帘上所绣的金翅鸾凤。　乳禽：雏燕。　翳：遮蔽。

赏析

　　女子思春，所见之景皆与配偶相关。雏燕毛茸茸可爱，新生命

明 陆治 红杏野凫图

背后也是成双成对，女子目前无法达成的愿景，故云"愁听"。结句暗喻焦灼，怕空耗青春。

后庭花

景阳钟动宫莺啭，露凉金殿。轻飙吹起琼花旋，玉叶如剪。　　晚来高阁上，珠帘卷，见坠香千片。修蛾慢脸陪雕辇，后庭新宴。

轻飙：微风。　修蛾慢脸：长眉娇脸。　雕辇：饰有浮雕、彩绘的华美辇车。

赏析

《后庭花》一调，陈后主造，史书称其"绮艳相高，极于轻薄"。此词味其调风，盖歌舞相兼，犹见队仗唱和，抑扬应节之致。

石城依旧空江国，故宫春色。七尺青丝芳草碧，绝世难得。　　玉英凋落尽，更何人识。野棠如织，只是教人添怨忆，怅望无极。

石城：石头城。故址在今江苏南京市石头山后。　江国：河流多的地区。多指江南。　故宫：此言南朝陈后主宫殿。　七尺青丝：南朝陈后主的贵妃张丽华发长七尺。　玉英：花之美称。　野棠：即棠梨。

180

赏析

起笔挺，触景生情。悼陈后主的贵妃张丽华，世间绝色，奈何凋零。用"织"字最妙，以人工比拟自然。"只是教人"四字，盖胸有所郁，触处伤怀，妙在不说破，说破则浅矣。

生查子

寂寞掩朱门，正是天将暮。暗澹小庭中，滴滴梧桐雨。　　绣工夫，牵心绪，配尽鸳鸯缕。待得没人时，假倚论私语。

鸳鸯缕：刺绣鸳鸯而配的线缕。

赏析

上半阕极写幽静，滴滴梧桐雨，幽思怜人。下半阕写幽怨，怨而不怒，足耐回味。

暖日策花骢^{cōng}，弹鞚^{duǒkòng}垂杨陌。芳草惹烟青，落絮随风白。　　谁家绣毂动香尘，隐映神仙客。狂杀玉鞭郎，咫尺音容隔。

花骢：即五花马。　弹鞚：松开马勒。　绣毂：华美装饰的车。　神仙客：这里指车中美女。　玉鞭郎：指马上之少年。

赏析

写风光之人的风光之作。玉鞭郎出场之气势惊人，与暖春天气相谐，目中无人狂放自大。而绣毂神仙，即香车美人一过，令少年心折。描写隽利，如在眼前。

金井堕高梧，玉殿笼斜月。永巷寂无人，敛态愁堪绝。　玉炉寒，香烬灭，还似君恩歇。翠辇不归来，幽恨将谁说。

永巷：宫中之长巷，幽闭宫女之有罪者。　敛态：端正容态。　翠辇：饰有翠羽的帝王车驾。

赏析

此首言金井、玉殿、君恩、翠辇等，明是宫中怨词，有寄托之意。炉寒烬灭，以喻君恩之衰歇，亦见手法，惟结得太轻，稍失精彩。

临江仙

霜拍井梧干叶堕，翠帏雕槛初寒。薄铅残黛称花冠。含情无语，延伫倚栏干。　杳杳征轮何处去，离愁别恨千般。不堪心绪正多端。镜奁长掩，无意对孤鸾。

霜拍：霜打。　井梧：井栏边的梧桐。　称花冠：人面与花冠相称。花冠：装饰美丽的帽子。　延伫：久立。　杳杳：幽远貌。　征轮：远行人乘的车。　孤鸾：比喻镜中孤影。

赏析

秋日景象，万物萧瑟，心境凄凉。上片近景描写，聚焦于女子的容颜姿态；下片视野渐扩大延长，行人的踪迹，与女子的心绪纷至沓来，正合"多端"二字。

暮雨凄凄深院闭，灯前凝坐初更。玉钗低压鬓云横。半垂罗幕，相映烛光明。　　终是有心投汉珮，低头但理秦筝。燕双鸾耦不胜情。只愁明发，将逐楚云行。

投汉珮：相传周郑交甫于汉皋台下遇二女，解佩相赠。后因以汉皋佩作男女爱慕赠答的典故。此指女子有心赠物于情人。　理秦筝：调秦筝。　燕双鸾偶：言禽鸟成双，让女子情有不堪。　明发：黎明。《诗经·小雅·小宛》："明发不寐，有怀二人。"

赏析

为乐工倡女而作。女子总是盛妆，是为"有心"。心愿遇到有情人，心事皆付瑶琴。奈何情爱之事总是难以圆满，即使燕双鸾偶，翌日别离，终是注定。

酒泉子

空碛无边，万里阳关道路。马萧萧，人去去，陇云愁。　　香貂旧制戎衣窄，胡霜千里白。绮罗心，魂梦隔，上高楼。

空碛：空阔的沙漠。　阳关：古代中原通往西城的交通要道。今甘肃敦煌市西南，玉门关的南面。　去去：谓远去。　陇：地名。泛指今甘肃一带，是古代西北边防要地。　香貂：贵重的貂皮，这里指战袍。　胡霜：胡地之霜。　绮罗心：女子思夫之心。

赏析

此类边愁思妇题材，一般难以在小词中表现出色。而此篇不但刻画出色，还寄寓同情。表现手法上既明朗，又精警。"绮罗"三句，言畴昔之盛，魂梦空隔也。

曲槛小楼，正是莺花二月。思无憀，愁欲绝，郁离襟。　　展屏空对潇湘水，眼前千万里。泪掩红，眉敛翠，恨沉沉。

莺花：莺啼花开。泛指春日景色。　离襟：犹言离绪，离怀。　潇湘水：指屏风所绘之潇湘八景图。　红：胭脂。

赏析

初春时分的草长莺飞，大自然正充满着勃勃生机，而思妇的心中一片空茫。思念和着哀愁是没有尽头的，也是没有回音的。故结句生恨，自是情深。

敛态窗前，袅袅雀钗抛颈。燕成双，鸾对影，耦新知。　　玉纤淡拂眉山小，镜中嗔共照。翠连娟，红缥缈。早妆时。

敛态：严肃的神态。　耦新知：即偶新知。两相知。　镜中句：伴嗔与新知共同照镜。　翠连娟：翠眉弯细。连娟：弯曲而纤细。　红缥缈：言淡饰胭脂也。

赏析

像是对一场回忆的书写。女为悦己者容，最快乐便是镜中出现了两个人的面容：美丽的自己，和欣赏美丽的悦己者。旧时女子的心愿何其渺小，一刻便成永恒。

清平乐

愁肠欲断，正是青春半。连理分枝鸾失伴，又是一场离散。　　掩镜无语眉低，思随芳草萋萋。凭仗东风吹梦，与郎终日东西。

青春：指春天。　连理：异根草木，枝干连生。常以之喻夫妇或男女欢爱。　凭仗：凭借、倚仗。

赏析

此词全篇宛转流顺，柔情蜜意，思路凄绝。"又"字沉痛。"思随"句，痴情幻想，说的温厚，便有风骚遗意。结句东风吹梦，

清 钱维城　山水花鸟册（其一）

186

与郎东西，意致骀荡之甚，而语极缠绵诚挚。

等闲无语，春恨如何去。终是疏狂留不住，花暗柳
浓何处。　　尽日目断魂飞，晚窗斜界残晖。长恨朱门
薄暮，绣鞍骢马空归。

斜界：谓残晖一线，斜入晚窗也。

赏析

徘徊而不忘思，婉恋而不激，填词中之有风雅者。"终是疏
狂留不住"，无限伤怨，不嫌其说得尽、道得明。

更漏子

听寒更，闻远雁，半夜萧娘深院。扃绣户，下珠帘，
满庭喷玉蟾。　　人语静，香闺冷，红幕半垂清影。云
雨态，蕙兰心，此情江海深。

萧娘：女子的泛称。　喷玉蟾：洒射月光。　蕙兰心：以香草蕙、
兰比喻女子纯美之心。

赏析

全篇匀整，境清词绝。月光下的美人，怀纯美之心，诉江海
之情。

今夜期，来日别，相对只堪愁绝。偎粉面，捻瑶簪^{niǎn}。无言泪满襟。　　银箭落，霜华薄，墙外晓鸡咿喔。听付嘱，恶情^{cóng}悰，断肠西复东。

银箭：银制漏箭。古代计时器。或谓指月光。　咿喔：报晓鸡叫声。　情悰：情怀，情绪。

赏析

诉萍水因缘之苦。到得情深江海，自不至断肠西东。其不然者，命也，数也。人非木石，哪得无情？世间负心人，直木石之不若耶！

女冠子

蕙风芝露，坛际残香轻度。蕊珠宫，苔点分圆碧，桃花践破红。　　品流巫峡外，名籍紫微中。真侣墉城会，梦魂通。

蕙风：夹带花草芳香的风。　芝露：灵芝上的露水。　坛际：祭坛边。　蕊珠宫：神仙所居处。　紫微：即紫微垣。星官名，三垣之一。　真侣：谓道士。　墉城：传说中西王母所居地。

赏析

灵芝上的露水，青苔上的斑点，寻常人不注意观察的事物，正是清幽道观的体现。最著名的还是巫山神女，修炼成神仙，也要来与楚王梦魂相会。有寓意。

澹花瘦玉，依约神仙妆束。佩琼文，瑞露通宵贮，幽香尽日焚。　碧烟笼绛节，黄藕冠浓云。勿以吹箫伴，不同群。

澹花瘦玉：形容女冠的仪态。　依约：仿佛，隐约。　佩琼文：指女冠所佩玉符。琼文：指道教经籍，刻于玉板，故称。　瑞露句：道家贮露，为修炼事。　绛节：红色符节。道士作法时用具。　黄藕冠：黄藕色的道冠。　浓云：指女冠丰美如云的头发。　吹箫伴：用弄玉和萧史事。

赏析

首句描摹女冠体态，新颖脱俗，亦更合女冠身份。后半片作者提示，在女冠做法事、修炼的时候，勿忘情事。可知当时女冠似妓的社会现象。

风流子

茅舍槿篱溪曲，鸡犬自南自北。菰叶长，水蘋开，门外春波涨渌。听织，声促，轧轧鸣梭穿屋。

溪曲：溪湾。　自南自北：从南到北。　水蘋：草名，生于池塘草泽中。　轧轧：织机声。

赏析

用朴素的语言，状农村的风物，风光顿换，令人耳目一新。

《花间集》中忽有此淡朴咏田家耕织之词，诚为异采。盖词境至此，已扩放多矣。

楼倚长衢欲暮，瞥见神仙伴侣。微傅粉，拢梳头，隐映画帘开处。无语，无绪，慢曳罗裙归去。

长衢：大道长街。　　傅粉：搽粉。　　无绪：情绪低落。

赏析

全词叙次，首尾完整。如一小段记录默片，淡入淡出，情态逼真，令人如见，中间亦有一二特写镜头。艺术手法不修不琢，自含俊丽。

金络玉衔嘶马，系向绿杨阴下。朱户掩，绣帘垂，曲院水流花榭。欢罢，归也，犹在九衢深夜。

金络：即金络头。　　玉衔：玉饰的马嚼子。　　花榭：植有花木的台榭。　　九衢：四通八达的路；繁华的街市。

赏析

贵公子流连光景之作。于男性视角，一场欢会，经过而已。然后女子则以此觅一段歌词，述一段相思。

定西番

鸡禄山前游骑，边草白，朔天明，马蹄轻。　　鹊面弓离短敞^{chàng}，弯来月欲成。一只鸣髇云外，晓鸿惊。

鸡禄山：即鸡鹿山，在内蒙古边塞地。　游骑：担任巡逻突击的骑兵。　鹊面弓：弓名，弓背饰有鹊画。　敞：弓袋。　鸣髇：响箭。

赏析

缘题而作。闺阁外的塞外，草白正是边塞风光。草原辽阔，征人拉弓如满月，马蹄轻与晓鸿惊均侧面写征人的技艺高强，与闺阁内的逼仄画面形成鲜明对比。

帝子枕前秋夜，霜幄冷，月华明，正三更。　　何处戍楼寒笛，梦残闻一声。遥想汉关万里，泪纵横。

帝子：指娥皇、女英。传为帝尧之女。此处应指汉代去西番和亲的公主。　幄：指乌孙之毡帐。　汉关：汉朝的边关。亦泛指边关。

赏析

深宫之暖，不知边塞之寒。公主和亲，身尚未行，已在猜度边塞之寒苦。个人感受在大局利益面前何等渺小，此去万里，乡心枨触也。

河满子

冠剑不随君去，江河还共恩深。歌袖半遮眉黛惨，泪珠旋滴衣襟。惆怅云愁雨怨，断魂何处相寻。

冠剑：士的服饰的佩物。　歌袖：歌姬之袖。

赏析

唐武宗临终前，默许最宠爱的孟才人殉葬。孟才人唱完一曲《河满子》，随君而去。作者咏此事，江上琵琶，同其怨抑；然断魂止于云雨，苦不能深。

玉蝴蝶

春欲尽，景仍长，满园花正黄。粉翅两悠飏，翩翩过短墙。　鲜飙暖，牵游伴，飞去立残芳。无语对萧娘，舞衫沉麝香。

粉翅：蝶身带粉，故云蝶翅曰粉翅。　悠飏：两翅飞扬，飘忽不定貌。　鲜飙：清新洁净的风。

赏析

调风活泼，咏蝶有轻盈之致。蝴蝶恰似美娇娘，欣赏、沉醉于她的美，然终知只是生命的点缀。后结委婉。

八拍蛮

孔雀尾拖金线长，怕人飞起入丁香。越女沙头争拾翠，相呼归去背斜阳。

拾翠：原指拾取翠鸟羽毛以为首饰，后指妇女春日嬉游。

赏析

取自民间山歌。描写女子结伴春日嬉游，语句流利，便于歌唱。

竹枝

门前春水竹枝白蘋花女儿。岸上无人竹枝小艇斜女儿。　商女经过竹枝江欲暮女儿，散抛残食竹枝饲神鸦女儿。

竹枝、女儿：唱歌时众人随和的声字。下同。　商女：歌女。　神鸦：乌鸦，因栖息于神祠而称。

赏析

此竹枝女儿词也。神鸦纯黑，有黄色约其半身如带，随客舟飞舞，不避人，抛食辄衔去。将偶然小事，写得幽诞。

乱绳千结竹枝绊人深女儿，越罗万丈竹枝表长寻女儿。杨柳在身竹枝垂意绪女儿，藕花落尽竹枝见莲心女儿。

绊：缠结。 表：外衣。 长寻：八尺长。古制，八尺为寻。 在身：自身，本身。 意绪：心意，情绪。 莲心：双关，即"怜心"。

赏析

谐声和歌，专咏土俗之作，率意任情。当日歌时，必有两方，一方唱前四字的谜面，一方和后三字的谜底，一唱一和，于辞中可以见之。

思帝乡

如何，遣情情更多。永日水堂帘下，敛羞蛾。六幅罗裙窣地，微行曳碧波。看尽满地疏雨，打团荷。

遣情：犹言排遣情思。 永日：从早到晚，整天。 水堂：临水的厅堂。 微行：小路。

赏析

罗裙窣地微行，而已"曳碧波"三字状之，语妙。末句，见寂寞之情，而有余韵。常语常景，自然丰采。

魏承班

魏承班（？—925），许州（今河南许昌）人。五代十国前蜀词人，曾官至太尉。

菩萨蛮

罗裙薄薄秋波染，眉间画时山两点。相见绮筵时，深情暗共知。　　翠翘云鬓动，敛态弹金凤。宴罢入兰房，邀人解佩珰。

罗裙：丝罗衣裙。　秋波染：言裙裾色如秋波澄碧。　山两点：言所画山眉式样。　金凤：琴筝之类乐器。因弦柱上端刻凤为饰，故称。　兰房：犹香闺。　佩珰：耳环。亦泛指玉佩。

赏析

酒宴歌席上的艳词。起笔飘逸，女子姿容翩跹，至"相见绮筵时，深情暗共知"，始知弄姿无限，只是一腔摹出。结句昭然，艳冶之作。

罗衣隐约金泥画，玳筵一曲当秋夜。声泛觇人娇，云鬓袅翠翘。　　酒醺红玉软，眉翠秋山远。绣幌麝烟沉，谁人知两心。

金泥画：即泥金画，用金粉涂饰的图案。　玳筵：即玳瑁筵，谓盛筵。　红玉：红色宝玉。古常以比喻美人肌色。

赏析

　　全词明倩艳丽，"玉软"字亦新。

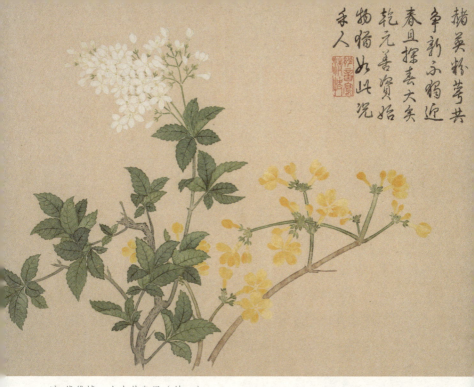

清 钱维城　山水花鸟册（其一）

● 花间集卷九

魏承班

满宫花

雪霏霏，风凛凛，玉郎何处狂饮。醉时想得纵风流，罗帐香帏鸳寝。　　春朝秋夜思君甚，愁见绣屏孤枕。少年何事负初心，泪滴缕金双衽。

缕金：金缕。　衽：衣襟。

赏析

由深闺寂寞之中，设想欢场冶荡，茹恨含酸，怨而不怒，古代女性之处境，可以想见。语虽浅露，亦微有昭阳日影之感。"风流"二字至此，古意荡然也。

木兰花

小芙蓉，香旖旎，碧玉堂深清似水。闭宝匣，掩金铺，倚屏拖袖愁如醉。　　迟迟好景烟花媚，曲渚鸳鸯眠锦翅。凝然愁望静相思，一双笑靥颦香蕊。

旖旎：繁盛美好貌。　宝匣：女子的妆奁。　金铺：金饰铺首。
用作门户之美称。　烟花：雾霭中的花。　眠锦翅：敛起锦翅而
眠。　笑靥：笑时面颊上的酒窝。亦指女子脸上的妆饰品。　翠：
蹙眉。　香蕊：花瓣。此指女子如花之容颜，或指女子面饰。

赏析

　　陷入情网的女子，看她周围的环境都一片风光旖旎，深清似
水。此时虽与情人分离，但情思依旧缠绵。结句远镜头拉开，再
次呈现女子情痴甜美状。

玉楼春

　　寂寂画堂梁上燕，高卷翠帘横数扇。一庭春色恼人
来，满地落花红几片。　　愁倚锦屏低雪面，泪滴绣罗
金缕线。好天凉月尽伤心，为是玉郎长不见。

　　横数扇：指横列数扇窗门。　为是：因是。

赏析

　　看不见春来发几支，却对落红情有独钟，可见心事沉寂。后
半边由景及人，果然满面泪痕，伤怀尽显。结句道出原因，说到
尽头，了无余味。

轻敛翠蛾呈皓齿，莺啭一枝花影里。声声清迥遏行云，寂寂画梁尘暗起。　　玉罍满斟情未已，促坐王孙公子醉。春风筵上贯珠匀，艳色韶颜娇旖旎。

　　莺啭：形容歌声如莺鸣百啭。　　清迥：清越而有回声。　　遏行云：阻遏行云，比喻歌声响亮美妙。　　画梁尘暗起：形容歌声响亮震动画梁上的尘土。　　玉罍：玉爵。古代酒器。　　促坐：靠近而坐。　　贯珠匀：珠玉成串均匀，比喻歌声圆润。

赏析

　　筵席上歌女的出场。进入演唱的状态，再与王孙公子的互动。歌美人美，奈何只是酒宴上的配角，欢场上的亮色。而这就是古时歌女存在的全部价值。

诉衷情

　　高歌宴罢月初盈，诗情引恨情。烟露冷，水流轻，思想梦难成。　　罗帐袅香平，恨频生。思君无计睡还醒，隔层城。

　　思想：想念，怀念。此言男女相思。　　袅香平：形容烟缕平匀。　　层城：古代传说昆仑山有层城九重，为大帝所居。这里比喻相隔遥远。

赏析

　　歌女因长期唱词，便有了些文学修养。于是不再满足于一夕之欢。然而现实让深情举步维艰，隔层城，不仅是与情人的空间距离，也是不可逾越的现实差距。

　　春深花簇小楼台，风飘锦绣开。新睡觉，步香阶，山枕印红腮。　　鬓乱坠金钗，语檀偎。临行执手重重嘱，几千回。

　　锦绣：此指锦绣帘帏。　　新睡觉：刚睡醒。　　语檀偎：与檀郎相偎私语。檀郎：指情郎。

赏析

　　类似小品文的写法，描摹出一幅无奈又可爱的画面。即将要分离的情人，女子最是难舍。读者可猜测嘱咐的内容，以及小品接下来发展的样子。喟叹不已。

　　银汉云晴玉漏长，蛩声悄画堂。筠簟冷，碧窗凉，红烛泪飘香。　　皓月泻寒光，割人肠。那堪独自步池塘，对鸳鸯。

　　银汉：天河，银河。　　蛩声：蟋蟀鸣叫声。　　筠簟：竹席。

赏析

　　词非诗比，诗忌尖刻，词则不然。"皓月泻寒光"，佳句也。

宋 李嵩 花篮图

"割人肠"，尖刻而不伤巧，亦将女子相思之痛表现得淋漓尽致。全词情味并长。

金风轻透碧窗纱，银釭焰影斜。欹枕卧，恨何赊，山掩小屏霞。　　云雨别吴娃，想容华。梦成几度绕天涯，到君家。

金风：秋风。　银釭：银灯。　赊：长远无尽。　山掩小屏霞：指小屏风上所绘山色霞光掩映的图画。　吴娃：吴地美女。

赏析

吴地美人，柔情似水，与江南山水一般旖旎。结句情长。

春情满眼脸红销，娇妒索人饶。星靥小，玉珰摇，几共醉春朝。　　别后忆纤腰，梦魂劳。如今风叶又萧萧，恨迢迢。

脸红销：应作"脸红绡"，谓脸色红润如薄绡。　星靥：指女子脸上的酒窝或酒窝上的面饰。　玉珰：玉制的耳饰。

赏析

起句描写细腻，春心萌动的女子跃然纸上。下半片笔近清疏，亦复披沙拣金，未易多得。

鹿虔扆

鹿虔扆，生卒年不详。五代十国后蜀词人。以工小词事后蜀孟昶，为永泰军节度使，进检校太尉，加太保。

临江仙

金锁重门荒苑静，绮窗愁对秋空。翠华一去寂无踪。玉楼歌吹，声断已随风。　　烟月不知人事改，夜阑还照深宫。藕花相向野塘中。暗伤亡国，清露泣香红。

翠华句：咏蜀国灭亡事。翠华：指蜀后主的仪仗。　香红：多代指花。此处代指荷花。

赏析

此首暗伤亡国之词。起三句，写秋空荒苑，重门静锁，已足色凄凉。"翠华"三句，写歌吹声断，更觉黯然。下片又以烟月、藕花无知之物，反衬人之悲伤。末句尤凝重，不啻字字血泪也。

无赖晓莺惊梦断，起来残酒初醒。映窗丝柳袅烟青。翠帘慵卷，约砌杏花零。　　一自玉郎游冶去，莲凋月惨仪形。暮天微雨洒闲庭。手挼裙带，无语倚云屏。

无赖：无聊。 约砌：遮住了台阶。 莲凋月惨：如莲花凋谢，如月色惨淡，形容美好仪容已然憔悴。 手挼：以手揉捻。

赏析

"约砌杏花零"，"约"字雅炼。残红受约于风，极婉款妍倩之致。

女冠子

凤楼琪树，惆怅刘郎一去，正春深。洞里愁空结，人间信莫寻。 竹疏斋殿迥，松密醮坛阴。倚云低首望，可知心。

凤楼琪树：指女冠居所。 刘郎：即刘晨。此处指情郎。 洞里：指桃源仙洞，即女冠所居。 醮坛：道士祭祀之坛。

赏析

"洞里"两句，无限酸凄。"竹疏""松密"二字，写道院风光宛然。

步虚坛上，绛节霓旌相向，引真仙。玉佩摇蟾影，金炉袅麝烟。 露浓霜简湿，风紧羽衣偏。欲留难得住，却归天。

步虚坛：道士诵经坛。　绛节霓旌：这里指坛上招神的旗幡。　蟾影：月光。　霜筒：此处指道士作法的符牒。　羽衣：道士服饰。

赏析

女冠的日常生活，应须如此。在道教的各种仪式中，尽己之职责。而此时的女冠，风致宛然，俨然人间留不住之感。"露浓"一联，语新而姿媚。

思越人

翠屏欹，银烛背，漏残清夜迢迢。双带绣窠盘锦荐，泪侵花暗香销。　珊瑚枕腻鸦鬟乱，玉纤慵整云散。苦是适来新梦见，离肠争不千断。

欹：斜，倾侧。　绣窠：带上之刺绣花纹。　锦荐：锦席。　珊瑚枕：以珊瑚为饰之枕。　鸦鬟：黑如鸦羽的丫形发髻。　玉纤：女子纤白的手指。　云散：发散如云。　适来：刚才。

赏析

"双带"二句，被当时人推为绝唱，盖描绘女子席上辗转难眠之情状生动。此词辞熔句冶，镂玉镌金。结句酸楚，一往情深。

虞美人

　　卷荷香澹浮烟渚，绿嫩擎新雨。锁窗疏透晓风清，
象床珍簟冷光轻，水纹平。　　九疑黛色屏斜掩，枕上
眉心敛。不堪相望病将成，钿昏檀粉泪纵横，不胜情。

　　卷荷：尚未舒展之荷叶。　烟渚："烟雾笼罩的洲渚。　绿嫩：
形容荷叶。　象床珍簟：象牙装饰的床，珠宝装饰的席，形容卧
具之精美。　水纹：席上的纹。　九疑：九嶷，山名。此处指屏
上所画。　钿昏句：谓泪水污了脂粉钗钿。

赏析

　　夏日遇荷，炎夏中的清凉景象。"绿嫩"句，何等鲜脆，"水
纹平"三字，夏簟清莹可见。女子出场，心境亦凄凉，至"钿昏"
句，明心意，与情相关。

明　陈洪绶　山水物件花卉（其一）

阎选

阎选，生卒年不详。为前蜀布衣，时称"阎处士"。

虞美人

粉融红腻莲房绽，脸动双波慢。小鱼衔玉鬓钗横，石榴裙染象纱轻，转娉婷。　　偷期锦浪荷深处，一梦云兼雨。臂留檀印齿痕香，深秋不寐漏初长，尽思量。

粉融句：形容美人脸如莲花绽开。　　双波：眼波。　　慢：借为"曼"，美好。　　小鱼衔玉：指鱼形玉制钗饰。　　石榴裙：朱红色裙子，色如榴花，故名。亦泛指女性裙裾。　　象纱：丝织品，即制作石榴裙之材料。　　偷期：暗自约会。　　檀印：唇膏印痕。檀：檀注的胭脂、唇膏类化妆品。

赏析

全词写实，事在后起两句。因"偷期"在绿云深处，故首句用"莲房"字，以喻人面，不假他物，有人面花光两不分之感。后结三句，则索居追味，余甘不尽。

楚腰蛴领团香玉，鬓叠深深绿。月蛾星眼笑微频，柳夭桃艳不胜春，晚妆匀。　　水纹簟映青纱帐，雾罩秋波上。一枝娇卧醉芙蓉，良宵不得与君同，恨忡忡。

楚腰：女子的细腰。　娇领：洁白的颈。　香玉：形容肌肤柔美如有香气的美玉。　月蛾星眼：眉弯如月，眼亮如星。　醉芙蓉：喻女子如娇媚的荷花。　忡忡：忧愁貌。

赏析

水上莲深处的幽会。女子如莲花般娇艳，情浓如夏季般炽热。因情深生怨，怨离别，怨良宵不得与君同。民歌中女子的俏皮生动。

临江仙

雨停荷芰逗浓香，岸边蝉噪垂杨。物华空有旧池塘。不逢仙子，何处梦襄王。　　珍簟对欹鸳枕冷，此来尘暗凄凉。欲凭危槛恨偏长。藕花珠缀，犹似汗凝妆。

荷芰：荷与菱。　物华：自然景物。　不逢二句：用宋玉《高唐赋》序中楚襄王梦神女事。　危槛：高楼之栏杆。　珠缀：露珠连缀。

赏析

追念欢会事。所谓"珠缀"之"藕花"，即一物，亦即一人，不惜反复言之，其印象深刻如是。然此时距欢会较远，感伤胜于追味，描叙渐少，而意致转清。

十二高峰天外寒，竹梢轻拂仙坛。宝衣行雨在云端。画帘深殿，香雾冷风残。　　欲问楚王何处去，翠屏犹掩金鸾。猿啼明月照空滩。孤舟行客，惊梦亦艰难。

十二高峰：指巫山十二峰。　宝衣句：用宋玉《高唐赋》序中巫山神女"旦为朝云，暮为行雨"事。　楚王：指《高唐赋》序中梦见神女的楚襄王。　金鸾：金属制作的鸾鸟。

赏析

非深于行役者，不能为此言。行至巫峡，云雨缭绕，天寒雾冷。美丽的传说犹在耳畔，神庙的遗迹也犹在目前。而回到现实中，孤舟行客，羁旅天涯的艰难。

浣溪沙

寂寞流苏冷绣茵，倚屏山枕惹香尘，小庭花露泣浓香。　　刘阮信非仙洞客，常娥终是月中人，此生无路访东邻。

流苏：帐幕之穗饰。　绣茵：彩绣坐垫。　刘阮句：指刘晨、阮肇采药遇仙女事。　信非：诚非。　东邻：代指美女。典出司马相如《美人赋》："臣之东邻，有一女子"。

赏析

一念忽焉而起，忽焉而逝，前半枉为他人设想，后结轻轻放下，处士当不失为佳士。佛说一切众生，慎勿造因；愿天下才人，及时猛省。

八拍蛮

　　云琐嫩黄烟柳细，风吹红蒂雪梅残。光影不胜闺阁恨，行行坐坐黛眉攒。

　　红蒂：红花之蒂。　行行坐坐：坐卧不安貌。

赏析
　　精巧细致的起句，继以凋残之对比。隐喻女子的娇嫩青春，承受不起内心的惆怅。

　　愁琐黛眉烟易惨，泪飘红脸粉难匀。憔悴不知缘底事，遇人推道不宜春。

　　烟：画眉的黑色颜料，此指眉色。　缘底事：因何事。　推道：推说。

赏析
　　眼见的是女子容颜的憔悴，难测的是女子汪洋般的心事。结句自然入妙。

河传

　　秋雨,秋雨。无昼无夜,滴滴霏霏。暗灯凉簟怨分离,妖姬,不胜悲。　　西风稍急喧窗竹,停又续。腻脸悬双玉。几回邀约雁来时,违期,雁归人不归。

　　妖姬:妖艳的女子。　　双玉:即双玉箸,指女子泪痕。

赏析

　　起三句用重叠字,词气甚急,叙女子内心之哀愁也如秋雨一般,没有止息。入后短柱甚缓,亦自有抑扬顿挫之致。结句凄婉。

尹鹗

尹鹗，生卒年不详，成都（今属四川）人。性滑稽，工诗词。仕前蜀为校书郎。

临江仙

一番荷芰生旧沼，槛前风送馨香。昔年于此伴萧娘，相偎伫立，牵惹叙衷肠。　　时逞笑容无限态，还如菡萏争芳。别来虚遣思悠飏，慵窥往事，金锁小兰房。

一番：一度，一回。　萧娘：女子的泛称。　悠飏：同悠扬，指思绪飘荡，连绵不断。　慵窥：闲思。

赏析

池沼里的荷花，与思念中的女子，在画面里并肩站立。她们有相似的亭亭玉立，相似的闭锁心事。以至于某些时刻，读者分不清到底哪个是荷花，哪个是她。

深秋寒夜银河静，月明深院中庭。西窗乡梦等闲成，逡巡觉后，特地恨难平。　　红烛半消残焰短，依稀暗背银屏。枕前何事最伤情，梧桐叶上，点点露珠零。

中庭：庭院中。 等闲：轻易，随便。 逡巡：顷刻，片时。 觉后：醒来后。 特地：特别，格外。

赏析

其时作者身值乱离，怀人恋阕，每缘情托讽。此词围怨题材，表达出思妇的情感，复杂浑成，足见托喻之意。结句尤有婉约之思，苍凉。

满宫花

月沉沉，人悄悄，一炷后庭香袅。风流帝子不归来，满地禁花慵扫。 离恨多，相见少，何处醉迷三岛。漏清宫树子规啼，愁锁碧窗春晓。

帝子：指湘君。此似指蜀主。 禁花：宫苑中的落花。 三岛：仙境，即三神山。

赏析

缘题而作的宫怨词。宫中场景，大气严整。宫人局限在锁住的碧窗中，体味哀怨。全词绮丽风华，有宫词之风。而两结凄怨，可见情绪主题，人间一致。

杏园芳

严妆嫩脸花明，交人见了关情。含羞举步越罗轻，称娉婷。　　终朝咫尺窥香阁，迢遥似隔层城。何时休遣梦相萦，入云屏。

严妆：妆束整齐。　花明：花色明艳。此处形容女子妆后容色。　娉婷：姿态美好。　终朝：终日。　隔层城：隔仙境，比喻难相见。

赏析

戏作入词的典范。见到了美丽的女子，于是魂梦相萦。此时方知何谓咫尺天涯，"层城"喻指心里感受到的距离。结句直白表达心声，虽浅而不佻。

醉公子

暮烟笼薜砌，戟门犹未闭。尽日醉寻春，归来月满身。　　离鞍偎绣袂，坠巾花乱缀。何处恼佳人，檀痕衣上新。

薜砌：长有苔薜之台阶。　戟门：显贵家的门、门前立戟，故称。　绣袂：彩绣之衣袂。代指女子。　檀痕：口红的印痕。

宋　赵佶　桃鸠图

赏析

　　写狂狼公子的放浪形骸之作。"尽日"两句，写景入神。"何处"两句有新意，指出乐中之"恼"，有娇嗔之态，将轻薄之事也写出一点趣味，实属不易。

菩萨蛮

陇云暗合秋天白，俯窗独坐窥烟陌。楼际角重吹，黄昏方醉归。　荒唐难共语，明日还应去。上马出门时，金鞭莫与伊。

陇云：陇上的云雾。　烟陌：烟尘中的小路。　楼际：楼头。　荒唐：行为放荡。

赏析

由未归说到醉归，由"荒唐难共语"，想到明日出门时，层层转折。"金鞭"句，尤有不尽之情，痴绝，昵绝。全词慧心密意，令人叫绝。娇痴之情可掬，谓为佳胜。

毛熙震

毛熙震，生卒年不详。宋初尚在世。好书能词，《花间集》卷九称其为"毛秘书"，知曾仕蜀为秘书监。

浣溪沙

春暮黄莺下砌前，水精帘影露珠悬。绮霞低映晚晴天。　　弱柳万条垂翠带，残红满地碎香钿。蕙风飘荡散轻烟。

绮霞：美丽的彩霞。　残红句：言残花似香钿碎地。香钿：女子额上鬓颊的饰物。

赏析

能细腻婉约以描出无人曾画之景色，以文入画的典范。整个画面没有人的介入，却在一片风景描摹中传达出难以言状的情绪，弥漫整个画面以及画面之外的空间。

花榭香红烟景迷，满庭芳草绿萋萋。金铺闲掩绣帘低。　　紫燕一双娇语碎，翠屏十二晚峰齐。梦魂销散醉空闺。

花榭：建于花木丛中的台榭。　金铺：金饰铺首。用为门户之美称。　十二晚峰：言翠屏上所绘巫山十二峰晚景。

赏析

女子的视角，赏红花绿草。蘘迷之感，隐射女子内心情绪。将视角移入室内，触目皆见成双成对的图案，于是寄情梦中，梦里巫山云雨情。

晚起红房醉欲销，绿鬟云散袅金翘。雪香花语不胜娇。　　好是向人柔弱处，玉纤时急绣裙腰。春心牵惹转无聊。

红房：指闺房。　金翘：金制首饰，形如鸟尾上的长羽。　雪香花语：形容女子娇态。　好是：犹好在，妙在。表示赞美。　急：紧。谓人消瘦。

赏析

旧时男子的视角里，女性的美在于柔弱。"雪香花语"，四字尖新。"玉纤"句，细腻，亦常见之状，特为常人所忽。

一只横钗坠髻丛，静眠珍簟起来慵。绣罗红嫩抹酥胸。　　羞敛细蛾魂暗断，困迷无语思犹浓。小屏香霭碧山重。

香霭：焚香的烟气。　碧山重：言屏风所绘之重重碧山。

赏析

全篇匀整，院画之美人春睡图也。细腻描写美人仪态，慵懒困迷，相思是唯一的亮色。词语纤秾，而情致小损。

云薄罗裙绶带长，满身新裛瑞龙香。翠钿斜映艳梅妆。　　伴不觑人空婉约，笑和娇语太猖狂。忍教牵恨暗形相。

绶带：此指衣带。　裛：薰染。　瑞龙香：龙脑香。　艳梅妆：即梅花妆。　猖狂：又作倡狂。谓随心所欲，无所束缚。此言女子之娇纵。　形相：端详；细看。

赏析

女子出场时，端庄艳丽，稀有的薰香，别致的新妆。然而词人走进了女子的内心世界，发现原是女儿作态，又掩饰不尽。读之令人失笑，趣味横生。

碧玉冠轻袅燕钗，捧心无语步香阶。缓移弓底绣罗鞋。　　暗想欢娱何计好，岂堪期约有时乖。日高深院正忘怀。

碧玉冠：碧玉为饰之冠。　燕钗：即玉燕钗。　捧心：双手抱着胸口。用西施捧心典故。　弓底绣罗鞋：缠足女子之鞋。　何计：如何。　乖：背离。　忘怀：不介意，不放在心上。

"缓移弓底绣罗鞋"，妇人缠足，见咏于词者始此。

半醉凝情卧绣茵，睡容无力卸罗裙。玉笼鹦鹉猒听闻。　　慵整落钗金翡翠，象梳欹鬓月生云。锦屏绡幌麝烟薰。

绣茵：绣褥。　金翡翠：指钗头所饰金玉。　象梳：象牙梳。　月生云：言梳鬓相倚，如月从云出。

赏析

此词丽字名句，巧韵纤词，故自相逼，然气韵和平，犹中土之音也。"象梳"句亦是佳句，结句寂然无言，满庭烟薰，回味绵长。

临江仙

南齐天子宠婵娟，六宫罗绮三千。潘妃娇艳独芳妍。椒房兰洞，云雨降神仙。　　纵态迷欢心不足，风流可惜当年。纤腰婉约步金莲。妖君倾国，犹自至今传。

南齐天子：指南齐废帝东昏侯。宠婵娟：贪恋女色。　罗绮三千：言宫女众多。　潘妃：东昏侯妃子。　椒房兰洞：指潘妃奢华的居处。泛指后妃居住的宫室。兰洞：兰香氤氲的深宫洞室。　步金莲：《南齐书》载：东昏侯凿地为金莲花，使潘妃其上，曰：

"此步步生莲华也"。　　妖君倾国：指潘妃媚惑国君，使国家倾覆。

赏析

　　在东昏侯的角度，为宠妃所做的事情都是正常；在潘妃心中，她只是尽情美丽，恣意欢乐，迎合天子的需求；在诗人笔下，便成了妖君倾国。但历史从来不是单向度。

明　陈淳　园林花卉图册（其一）

幽闺欲曙闻莺啭，红窗月影微明。好风频谢落花声。隔帏残烛，犹照绮屏筝。　　绣被锦茵眠玉暖，炷香斜袅烟轻。澹蛾羞敛不胜情。暗思闲梦，何处逐云行。

红窗：闺房之窗。　眠玉：睡眠之女子。玉，言其肌肤如玉，玉人。　逐云行：言梦中追云逐雨。用巫山云雨典事。

赏析

月斜将曙，而残烛犹明，隐寓怀人不寐之意。结句梦逐行云，即己亦不知其处，婉转缠绵，情深一往，丽而有则，耐人玩味。

更漏子

秋色清，河影澹，深户烛寒光暗。绡幌碧，锦衾红，博山香炷融。　　更漏咽，蛩鸣切，满院霜华如雪。新月上，薄云收，映帘悬玉钩。

河影：天河云影。　绡幌：薄纱帐幔。　玉钩：弯月。

赏析

全篇写景，前结温馨，后结清寒，又非有意对比，终不辨其为欢愉，抑或惨戚也？一切情绪，终究消散于云层月上。

烟月寒，秋夜静，漏转金壶初永。罗幕下，绣屏空，灯花结碎红。　　人悄悄，愁无了，思梦不成难晓。长忆得，与郎期，窃香私语时。

初永：初长。天初转长。　窃香：指男女偷情。用晋贾充之女以奇香私赠韩寿事。

赏析

心事属于夜阑人静之时。"灯花"句喻示女子的内心活动依然丰富。果然相思之愁连绵不绝，惟有曾经的欢娱是片刻的安慰。词尾余情几许。

女冠子

碧桃红杏，迟日媚笼光影。彩霞深，香暖薰莺语，风清引鹤音。　　翠鬟冠玉叶，霓袖捧瑶琴。应共吹箫侣，暗相寻。

冠玉叶：即戴玉叶冠。此指女冠头饰。　霓袖：彩袖。　吹箫侣：用弄玉和萧史事。

赏析

儿女情与方外境，本是对立之事，却神奇地融合。于是给方外境增添了想象和凡间的生机，给儿女情亦平添了几分神清气肃。

修蛾慢脸，不语檀心一点。小山妆，蝉鬓低含绿，罗衣淡拂黄。　　闷来深院里，闲步落花傍。纤手轻轻整，玉炉香。

修蛾：修眉。亦以指代美女。　慢脸：美丽的脸。慢：通"曼"，柔美。　檀心：檀注涂抹的红唇。或谓指女子额上所点梅花妆。　小山妆：女子妆饰，发髻高耸如小山。

赏析

道观中忧郁的女冠，"不语""低含""闷"等字可见情绪。然而所有的情绪都只能闭锁于道观中，于是只能整香，欲将心事焚进袅袅燃起的香烟中。

清平乐

春光欲暮，寂寞闲庭户。粉蝶双双穿槛舞，帘卷晚天疏雨。　　含愁独倚闺帏，玉炉烟断香微。正是销魂时节，东风满树花飞。

香微：香快要燃完。或言香气微弱。

赏析

暮春时节的寂寞春情，女子含愁，烟断香微。而全词骨肉停匀，写得情味宛然，特别"东风"六字精湛，结意含蓄，凄艳之作。

翠滌香雪
臨楊補之三友圖
白石翁

光緒壬辰春正三日刻川簡□蕃會清貴學家会

清 惲壽平 梅花圖

● 花间集卷十

毛熙震

河满子

　　寂寞芳菲暗度，岁华如箭堪惊。缅想旧欢多少事，转添春思难平。曲槛丝垂金柳，小窗弦断银筝。　　深院空闻燕语，满园闲落花轻。一片相思休不得，忍教长日愁生。谁见夕阳孤梦，觉来无限伤情。

　　缅想：缅怀、追想。　长日：本指冬至或夏至。此指漫长的白天。　谁见：哪见。

赏析

　　回忆过往，情事成为生命的一条主线。这主线似柳丝吹拂，似银筝断弦，均有不堪回首之感！然而情事的吊诡之处就在于，你明知它是痛的，你却不舍情思。

　　无语残妆澹薄，含羞弹袂（duǒ）轻盈。几度香闺眠过晓，绮窗疏日微明。云母帐中偷惜，水精枕上初惊。　　笑靥嫩疑花拆，愁眉翠敛山横。相望只教添怅恨，整鬟时见纤琼。独倚朱扉闲立，谁知别有深情。

鬈袟: 下垂的衣袟。　　云母帐: 以云母为饰的帐幔。　　水精枕:
精美的枕头。　　纤琼: 指佳人细白如玉的手指。

赏析

　　含蓄寡言的女子，看她淡淡妆颦眉轻愁。看不到的，是她整
夜辗转，是她独倚朱扉心有深情。由外及内的笔法，层层递进。
不解其所以，而遐渊冲妙。

小重山

　　梁燕双飞画阁前，寂寥多少恨，懒孤眠。暗来闲处
想君怜。红罗帐，金鸭冷沉烟。　　谁信损婵娟，倚屏
啼玉箸，湿香钿。四支无力上秋千。群花谢，愁对艳阳天。

　　金鸭: 镀金的鸭形铜香炉。　　损婵娟: 损坏美好姿态。　　玉箸:
比喻眼泪。　　四支: 即四肢。

赏析

　　一个在闺阁内痛苦难眠的女子，想君怜而不可得。离开狭窄
的空间吧，勉力荡起秋千，可谁知极目之处，尽是伤情。宣告失
败的自我救赎之路。

定西番

　　苍翠浓阴满院，莺对语，蝶交飞。戏蔷薇。　　斜日倚栏风好，余香出绣衣。未得玉郎消息，几时归。

　　戏蔷薇：嘲弄蔷薇。此处以花比喻美人孤独。　　余香：剩留的香气。此指女子衣饰熏香的气息。

赏析

　　前半风光淡荡，"戏蔷薇"三字绝幽。后结归到题面，情人戍边，归期难定。"余香"句从上句"风好"来，"出"字颇有致。

木兰花

　　掩朱扉，钩翠箔。满院莺声春寂寞。匀粉泪，恨檀郎，一去不归花又落。　　对斜晖，临小阁，前事岂堪重想着。金带冷，画屏幽，宝帐慵薰兰麝薄。

　　翠箔：翠帘。　　粉泪：女子的眼泪。　　金带：指金带枕。

赏析

　　寂寞的春天与满院的莺声形成对比。热情是属于外在的景致的，寂寞是女子内心真实的感受，情人不归，春天的到来在提醒又一年的开始，于是寂寞生恨。

后庭花

莺啼燕语芳菲节，瑞庭花发。昔时欢宴歌声揭，管弦清越。　　自从陵谷追游歇，画梁尘黦^{yue}。伤心一片如珪月，闲锁宫阕。

瑞庭：宫庭之美称。或谓庭院之美称。　揭：揭调、高调。声音高亢。　清越：清脆悠扬。　陵谷：指地面高低形势的变动。比喻君臣高下易位，比喻自然和人世的沧桑变迁。　尘黦：尘斑。　珪月：如玉珪般皎洁的月亮。

赏析

小词唱盛衰之作，也可大笔淋漓。风景依旧，隐约还可听见昔日欢宴的乐声。然后人世的沧桑变迁已然发生，"黦"字不多见，指积尘暗黑色。

轻盈舞妓含芳艳，竞妆新脸。步摇珠翠修蛾敛，腻鬌云染。　　歌声慢发开檀点，绣衫斜掩。时将纤手匀红脸，笑拈金靥。

竞：竞相。　步摇珠翠：首饰。　腻鬌云染：言女子发髻丰美光洁，如云染出。　檀点：红唇一点。

赏析

此词丽字堆砌。形容舞妓美艳，装饰华丽，妆容精致。再到

秋来纨扇合收藏
大都谁不逐炎凉
秀昌唐寅

明 唐寅 秋风执扇图

歌唱姿态，乐妓笑容，无不粉饰。然板重失灵，与词中女子一样，只靠外在修饰，羌无情致。

越罗小袖新香蒨，薄笼金钏。倚栏无语摇轻扇，半遮匀面。　　春残日暖莺娇懒，满庭花片。争不教人长相见，画堂深院。

蒨：绛红色，蒨草所染。此处形容衣色。　薄笼：微微地遮住。　金钏：金质手镯。

赏析

读"半遮匀面"两句，试想女子侧身绮席，出镜合脂盏，修唇理睫之状，情态宛然。以"画堂深院"四字陡结全文，省一"于"字，韵味转长。

酒泉子

闲卧绣纬，慵想万般情宠。锦檀偏，翘股重。翠云敧。　　暮天屏上春山碧，映香烟雾隔。蕙兰心，魂梦役。敛蛾眉。

锦檀三句：写女子无心装饰，枕偏钗重鬓敧的无聊之态。　翘股：钗股。　魂梦役：魂梦不安。

赏析

"暮天"句佳，一块屏风上的春天才是美好的，恒久碧绿。女子凝视这不会凋残的春天，也知与己有隔。情思未了，梦魂不安，女子的春天便不会到来。

钿匣舞鸾，隐映艳红修碧。月梳斜，云鬓腻。粉香寒。　　晓花微敛轻呵展，袅钗金燕软。日初升，帘半卷。对妆残。

钿匣：金银、珠玉等镶嵌的小箱子。此指镜匣。　舞鸾：镜上之舞鸾图案。　艳红修碧：指女子的脸和眉。　呵展：用口呵气使之舒展开。

赏析

上半片叙女子上妆的过程，下半片轻呵晓花更为画面增添了生气，女子惜花，隐喻女子也希望自己如花般被怜惜。然而又一天开始了，妆已残，青春又凋零了一日。

菩萨蛮

梨花满院飘香雪，高楼夜静风筝咽。斜月照帘帷，忆君和梦稀。　　小窗灯影背，燕语惊愁态。屏掩断香飞，行云山外归。

香雪：言梨花芬芳洁白。 风筝：悬挂在殿阁塔檐下的金属片，风起作声。又称"铁马"。 行云：喻征夫。或谓指梦境。

赏析

《花间集》艳词多写侵晓之景，故帘月窗灯，与莺啼燕语同时并见。"屏掩断香飞，行云山外归"，颇具想象。山非真山，云非真云，于"屏掩"、"香飞"中得知耳。

绣帘高轴临塘看，雨翻荷芰真珠散。残暑晚初凉，轻风渡水香。　无悰悲往事，争那牵情思。光影暗相催，等闲秋又来。

高轴：高卷。 真珠：指荷叶、菱叶上的雨珠。 争那：怎奈。 等闲：无端。

赏析

正喜残暑初凉，又惊秋到，无限怊怅。自然界按照自己的节奏在循环往复，而在心事重重的人心中，节气物候都是随着心境转化，故夏也不是，秋也不是。

天含残碧融春色，五陵薄幸无消息。尽日掩朱门，离愁暗断魂。　莺啼芳树暖，燕拂回塘满。寂寞对屏山，相思醉梦间。

残碧：浅碧色。　五陵：长陵、安陵、阳陵、茂陵、平陵五县的合称。五陵多豪家纨绔子弟，即唐诗中多有写及的"五陵豪"、"五陵年少"之属。指富贵家所居的地方。　薄幸：浅薄轻浮，此指薄情郎。

赏析

朱门中多怨妇，以五陵裘马，皆浮薄少年也。

李珣

李珣,字德润,梓州(今四川三台)人。生卒年不详。五代十国前蜀词人。珣少小苦学,有诗名。以秀才预宾贡,事前蜀王衍,与成都才士尹鹗相善。前蜀亡,不仕。

浣溪沙

入夏偏宜澹薄妆,越罗衣裰郁金黄。翠钿檀注助容光。　　相见无言还有恨,几回抔却又思量。月窗香径梦悠扬。

偏宜:最宜,特别合适。　郁金黄:用郁金草根染成的黄色,亦泛指黄色。　抔却:舍弃,不顾惜。

赏析

是夏日里一份从容的爱恋。心平气和地换上夏日的衣衫,不疾不徐地涂抹淡妆。这不是天性使然,是无言思量后的应对方式,如此换得夏夜清梦悠扬。

晚出闲庭看海棠,风流学得内家妆。小钗横戴一枝芳。　　镂玉梳斜云鬓腻,缕金衣透雪肌香。暗思何事立残阳。

内家妆：皇宫内的妆式。亦指宫女。

赏析

前五句实写，盛妆的美人赏海棠，人面花面交相辉映。写得落落大方，无忸怩态。而结句一笔提醒，妙在说不出，遂觉全词俱化空灵，实者亦虚矣。

访旧伤离欲断魂，无因重见玉楼人。六街微雨镂香尘。　　早为不逢巫山梦，那堪虚度锦江春。遇花倾酒莫辞频。

无因：无缘。　玉楼人：指所思之女子。　六街：泛指繁华街市。　镂香尘：雨入香尘，不见形迹。　早为：已是。　巫峡梦：指楚襄王梦巫山神女事。

赏析

"微雨镂香尘"，琢句殊新。"遇花倾酒莫辞频"，是因"无因重见玉楼人"，非曰及时行乐，实乃因酒浇愁，故其词温厚而不懔薄。

红藕花香到槛频，可堪闲忆似花人。旧欢如梦绝音尘。　　翠叠画屏山隐隐，冷铺纹簟水潾潾。断魂何处一蝉新。

隐隐：隐约不分明貌。　水潾潾：此处形容簟席的纹路似水。

赏析

　　"似花人"由花香引起，可知回忆从嗅觉来，如此心情转折，何等自然！顾惟善感者有之耳。"屏山"、"纹簟"句虽眼前景物，如隔山水万重，小桥南畔，不异天涯也。

渔歌子

　　楚山青，湘水渌，春风澹荡看不足。草芊芊，花簇簇，渔艇棹歌相续。　　信浮沉，无管束，钓回乘月归湾曲。酒盈樽，云满屋，不见人间荣辱。

　　楚山：荆山或商山。此泛指楚地之山。　澹荡：谓使人和畅。多形容春天的景物。　信浮沉：任其浮沉。比喻旷达超脱，不为外物所动。　湾曲：水湾，水曲。

赏析

　　所谓旷达超脱，起先是不为外物所动，保有内在的精神世界。再进一步，就是齐万物，与天地自然浑然一体，顺天时而为或不为。

　　荻花秋，潇湘夜，橘洲佳景如屏画。碧烟中，明月下，小艇垂纶初罢。　　水为乡，蓬作舍，鱼羹稻饭常餐也。

酒盈杯，书满架，名利不将心挂。

荻花：草名，芦荻之花。　橘洲：又名橘子洲，因多橘而名。
在湖南长沙湘江中。　垂纶：垂钓。　蓬作舍：以船作屋。

赏析

可知是个饱读诗书的渔父，能将名利放下，则更为难得。或
其实是韬光养晦，或是沽名钓誉？未可知。即便如此，能有这样
的经历，赏荻花秋夜，食鱼羹稻饭，也是妙趣。

柳垂丝，花满树，莺啼楚岸春天暮。棹轻舟，出深浦，
缓唱渔歌归去。　罢垂纶，还酌醑，孤村遥指云遮处。
下长汀，临浅渡，惊起一行沙鹭。

楚岸：楚江之岸。　酌醑：酌美酒。　长汀：水边或水中狭
长形平底。

赏析

春天的江岸，渔父结束一天的劳动，缓唱渔歌，风趣洒然。"下
长汀，临浅渡"，语虽平泛，然此在渔父心中，地形水势，无不了然，
故不可以平泛论。

九疑山，三湘水，芦花时节秋风起。水云间，山月里，
棹月穿云游戏。　鼓清琴，倾渌蚁，扁舟自得逍遥志。
任东西，无定止，不议人间醒醉。

明　陈洪绶　荷花鸳鸯图

九疑山：九嶷山。在今湖南宁远县南，相传虞舜葬于此。　三湘水：流经湖南的三条江水：沅湘、潇湘、资湘。　棹月穿云：言在月华烟云里行船。　渌蚁：酒上浮起的绿色浮沫。代称酒。

赏析

不问醒醉，为三闾大夫更下一转语也。盖不独众醉独醒，无所用伤；即酖醨铺槽，仍嫌多事。古无飞行机，度月穿云之乐，只有于水面得之。

巫山一段云

有客经巫峡，停桡向水湄。楚王曾此梦瑶姬，一梦杳无期。　尘暗珠帘卷，香销翠幄垂。西风回首不胜悲，暮雨洒空祠。

水湄：水边。　空祠：指巫山神女庙。相传为楚怀王立，号为朝云。

赏析

缘题写巫山神女，皆说楚王神女欢好一场，奈何风流云散，再见无期。空留巫山空祠，让世人伤怀。然此词行文畅朗，视拘牵补缀者，终高一着。

古庙依青嶂，行宫枕碧流。水声山色锁妆楼，往事思悠悠。　　云雨朝还暮，烟花春复秋。啼猿何必近孤舟，行客自多愁。

古庙：巫山神女庙。　　青嶂：如屏障的青山。此指巫山十二峰。　　行宫：这里指楚灵王游宴处，俗称细腰宫。　　啼猿：巫峡多猿啼声。

赏析

"妆楼"与"古庙""行宫"，用语略分今昔，故以"往事"句为小结。"往事"谓行云入梦事，非寻常虚设之辞，便不落空。"朝还暮"与"春复秋"，同言时间，然古今虚实，故自不同。结句归到作者自身，推进一层，笔飞墨舞。全词字字精切，无懈可击。

临江仙

帘卷池心小阁虚，暂凉闲步徐徐。芰荷经雨半凋疏，拂堤垂柳，蝉噪夕阳余。　　不语低鬟幽思远，玉钗斜坠双鱼。几回偷看寄来书，离情别恨，相隔欲何如。

双鱼：钗头的鱼形饰物。或谓指书信，言低鬟钗坠于书信上。

赏析

夏天的傍晚，款款而来的女子，凭一池幽景，幽然念远。画面动静相宜，主角别有深情，斜坠的玉钗摇荡，即是心事欲出之态，描写细致入微。

　　莺报帘前暖日红，玉炉残麝犹浓。起来闺思尚疏慵，别愁春梦，谁解此情悰。　　强整娇姿临宝镜，小池一朵芙蓉。旧欢无处再寻踪，更堪回顾，屏画九疑峰。

　　疏慵：疏懒；懒散。　情悰：情绪。　小池句：言镜中佳人如池中芙蓉。

赏析

　　"强整娇姿临宝镜，小池一朵芙蓉"，工于形容，语妙天下。镜中是人是花？一而二，二而一。句中绝无曲折，却极形容之妙。结句"屏画九疑峰"，似不相干，实谓往事朦胧，疑云疑雾，故以朦胧之境界作结，手法亦自殊胜。

南乡子

　　烟漠漠，雨凄凄，岸花零落鹧鸪啼。远客扁舟临野渡，思乡处，潮退水平春色暮。

　　鹧鸪：鸟名。古人谐其鸣声为"行不得也哥哥"，诗文中常用以表思乡之情。　野渡：荒落村野的渡口。

赏析

夏始春余景色，寥寥三语，亦足移人。

兰棹举，水纹开，竞携藤笼采莲来。回塘深处遥相见，邀同宴，渌酒一卮红上面。

藤笼：采莲所用之藤筐。 回塘：环曲的水池。 卮：酒器。 红上面：酒红现于面颊。

赏析

描绘南国风景。为美酒着色，这般染法，亦画家七十二色之最上乘也。墨子当此，定无素丝之悲。

归路近，扣舷歌，采真珠处水风多。曲岸小桥山月过，烟深锁，荳蔻花垂千万朵。

扣舷歌：敲击船边以为节拍而歌。

赏析

采珍珠，赏豆蔻，可知是南方风物。此词清丽如许。

乘彩舫，过莲塘，棹歌惊起睡鸳鸯。游女带香偎伴笑，争窈窕，竞折团荷遮晚照。

245

窈窕：娴静美好貌。　团荷：圆形的荷叶。　晚照：夕阳余晖。

赏析

　　少女们在莲塘里乘船嬉戏，折荷遮日，隔水抛莲，皆儿女采莲常见之事，顾未有人写出。结句韵致风流，生动入画。

　　倾渌蚁，泛红螺，闲邀女伴簇笙歌。避暑信船轻浪里，闲游戏，夹岸荔枝红蘸水。

　　泛红螺：浮酒满杯。红螺，酒器。　信船：听任小船漂流。　蘸水：浸入水。

赏析

　　"夹岸荔枝红蘸水"，南中风物，设色明蒨，非熟于南方景物不能道，为闽粤诸村传谱也。

　　云带雨，浪迎风，钓翁迥棹碧湾中。春酒香熟鲈鱼美，谁同醉，缆却扁舟蓬底睡。

　　春酒：冬酿春熟之酒，亦指春酿秋冬熟之酒。　缆却：以绳系船。　蓬底：船篷下。

赏析

　　"谁同醉"三字一问，以无人同醉耳；下句结以"缆却扁舟蓬底睡"，则径不欲与人同醉矣。帆底一樽，马头千里，亦自有荣辱。

246

如此睡，仿佛希夷千日矣。

　　沙月静，水烟轻，芰荷香里夜船行。绿鬟红脸谁家女，遥相顾，缓唱棹歌极浦去。

　　沙月：洒在沙滩上的月光。　缓唱句：棹歌：以棹击节而歌。极浦：远浦。

赏析

　　夜晚江头，荷香船行。白天喧闹的女子此时也变得宁静，缓唱棹歌而去。凉静幽芳，兼备之矣。

　　渔市散，渡船稀，越南云树望中微。行客待潮天欲暮，送春浦，愁听猩猩啼瘴雨。

　　越南：古百越之地。今闽、粤之地。　待潮：待晚潮涨起渡水。　送春浦：送客于春日的水滨。春浦：春日水滨。　瘴雨：指南方含瘴气的雨。

赏析

　　通篇写越中风土，无一闲笔。结句尤悍，笔力精湛，仿佛古诗。读之生巴蜀之思。

　　拢云髻，背犀梳，焦红衫映绿罗裙。越王台下春风暖，

岁晚霜寒芳歇寒梅未著花
雪屋天矜雪浑纷岁山荣

清 溥儒 牡丹花图

花盈岸，游赏每邀邻女伴。

背犀梳：反插犀角制的梳子。　焦红：即蕉红。深红色。　越王台：西汉南越王赵佗筑。在今广东越秀山上。

赏析

明点越王台景致，风物虽不足，以烘托出色。"焦红衫映绿罗裙"，出句自是飘洒有致。

　　相见处，晚晴天，刺桐花下越台前。暗里回眸深属意，遗双翠，骑象背人先过水。

深属意：深表倾心。　背人：避开别人。

赏析

女子遇到情人，偷偷用眼神传情达意，假装掉了首饰，背着人骑象过河等待情人。"刺桐花""越台""骑象"都是南方特有的风光。

女冠子

　　星高月午，丹桂青松深处。醮坛开，金磬敲清露，珠幢立翠苔。　步虚声缥缈，想像思徘徊。晓天归去路，指蓬莱。

月午：月至午夜。即半夜。　金磬：此指寺观中敲击之钵型金属乐器。　珠幢：以珠为饰的旌旗。　步虚声：道士诵经的声音。

赏析

"星高月午"四字，非寻常写景，须与"醮坛"结合，见黄冠礼仪之仪。起笔高绝；继以松桂，转入幽深。铺写法仪，后起夐离人境，再后又略示凡情；至结句直上三清，非尘土之人所能攀仰也。

春山夜静，愁闻洞天疏磬。玉堂虚，细雾垂珠珮，轻烟曳翠裾。　对花情脉脉，望月步徐徐。刘阮今何处，绝来书。

洞天：道家称仙人所居处，意谓洞中别有天地。后常以洞天泛指风景胜地。　刘阮：用刘晨、阮肇天台山采药遇仙女事。

赏析

夜晚的道观没有白天的仪式，女冠道士的身份感减弱，而女性的身份感增强。于是注意力开始聚焦于白天无法示众的情愫。结句道明原因，对离别情人的思念。

酒泉子

寂寞青楼，风触绣帘珠碎撼。月朦胧，花暗澹。锁

春愁。　　寻思往事依稀梦，泪脸露桃红色重。鬓欹蝉，
钗坠凤。思悠悠。

珠碎撼：帘珠凌乱地晃动。

赏析

被风吹动，凌乱晃动的帘珠，本身就是一种隐喻。女子的心
总被相思扰动，情绪剧烈起伏。在这样的心态下，花月暗沉，春
天带来的也不是生机，而是惆怅。

雨渍花零，红散香凋池两岸。别情遥，春歌断。掩
银屏。　　孤帆早晚离三楚，闲理钿筝愁几许。曲中情，
弦上语。不堪听。

雨渍：雨水浸。　三楚：战国楚地，秦汉时分为西楚、东楚、
南楚，合称三楚。今黄淮至湖南一带。

赏析

艺术皆是一种表达。女子的技艺，一般是为取悦男性。但此
时女子发现，在离开了声色场合之后，此时艺术可以成为自己心
事的表达。即使琴曲忧伤，不忍卒听。

秋雨联绵，声散败荷丛里。那堪深夜枕前听，酒初
醒。　　牵愁惹思更无停，烛暗香凝天欲晓。细和烟，
冷和雨。透帘旌。

败荷：残荷。　香凝：炉香停止燃烧。　帘旌：帘端所缀之布帛。亦泛指帘幕。

赏析

一派秋日光景。秋天除了有丰收的一面，亦有衰败的一面。作者撷取的衰败，正是与内在的哀愁浑然一体。皆词浅意深，耐人涵咏。

秋月婵娟，皎洁碧纱窗外。照花穿竹冷沉沉，印池心。　　凝露滴，砌蛩吟。惊觉谢娘残梦，夜深斜傍枕前来，影徘徊。

砌蛩：台阶缝隙里的蟋蟀。　影徘徊：指月影徘徊。

赏析

按此咏月词也。自首至尾，无处无月。一意空翻到底，而点缀古雅，以清胜者。

望远行

春日迟迟思寂寥，行客关山路遥。琼窗时听语莺娇，柳丝牵恨一条条。　　休晕绣，罢吹箫，貌逐残花暗凋。同心犹结旧裙腰，忍辜风月度良宵。

迟迟：舒缓。　晕绣：一种刺绣工艺。

赏析

词意平平，然文气畅达。"休晕绣，罢吹箫"闺人刺绣，颜色浓淡深浅之间，细意熨帖，务令化尽针线痕迹，与画家设色无异，谓之"晕绣"。此二字入词绝新。

露滴幽庭落叶时，愁聚萧娘柳眉。玉郎一去负佳期，水云迢递雁书迟。　屏半掩，枕斜敧，蜡泪无言对垂。吟蛩断续漏频移，入窗明月鉴空帷。

幽庭：幽寂的庭院。　鉴空帷：照空帷。

赏析

对于女子来说，秋天的收获，就是哀愁的凝聚于眉。细味之，真是莫大的悲哀！而应对的方法也不过是"无言对垂"，心知相思不断，哀愁不断。

菩萨蛮

回塘风起波纹细，刺桐花里门斜闭。残日照平芜，双双飞鹧鸪。　征帆何处客，相见还相隔。不语欲魂销，望中烟水遥。

平芜：杂草繁茂的原野。

　　此首音节凄断。上半片言景,下半片言情。景语胜于情语。如"刺桐花里门斜闭",清雅秀美。"残日照平芜"五字,精绝秀绝。

　　等闲将度三春景,帘垂碧砌参差影。曲槛日初斜,杜鹃啼落花。　　恨君容易处,又话潇湘去。凝思倚屏山,泪流红脸斑。

　　等闲:平常,随便。　容易处:轻易就决定。　又话:又说。

赏析

　　对离去的情人来说,分离似乎是容易的,因为还有更广阔有趣的世界等待着他;所以女子的恨由此而来,分离对自己来说,意味着更狭隘的世界,更多的惆怅。

　　隔帘微雨双飞燕,砌花零落红深浅。捻得宝筝凋,心随征棹遥。　　楚天云外路,动便经年去。香断画屏深,旧欢何处寻。

　　征棹:指远行征人的船。　动便:动辄。

赏析

　　前结二句,极写相思,寄意宝筝,空余结想。下半担忧征人,"动便"句说明离别经常发生,结句言明怕移情别恋。

西溪子

金缕翠钿浮动，妆罢小窗圆梦。日高时，春已老，人未到。满地落花慵扫。无语倚屏风，泣残红。

浮动：晃动，飘动。　圆梦：解说梦中事，从而附会人事，推测吉凶。

赏析

看似是一天的光景。女子上妆等待，然而等到日高时分，情人未至。于是内心悲戚，觉万事无聊。揭明这样的生活，其实是日常。备感凄凉。

虞美人

金笼鹦报天将曙，惊起分飞处。夜来潜与玉郎期，多情不觉酒醒迟，失归期。　　映花避月遥相送，腻髻偏垂凤。却回娇步入香闺，倚屏无语捻云篦，翠眉低。

鹦报：鹦语报晓。　却回：回转。　云篦：云头篦。

赏析

暗夜欢会，鹦鹉声惊醒了将要分别的情侣。然而如此的情感也恰如笼中鹦鹉，与现实禁绝，时时惊弓之鸟。看女子情态，一是不舍，二是暗知悲剧已然上演。

河传

去去，何处，迢迢巴楚。山水相连，朝云暮雨。依旧十二峰前，猿声到客船。　　愁肠岂异丁香结，因离别，故国音书绝。想佳人花下，对明月春风，恨应同。

去去：谓远去。　　巴楚：巴地和楚地。

赏析

此词为行客立言，故前云"依旧十二峰前"，惟所闻者，只"猿声到客船"，欢戚大殊。后结四句，则行客想象"佳人"心境之辞。语意甚明。

春暮，微雨，送君南浦。愁敛双蛾，落花深处。啼鸟似逐离歌，粉檀珠泪和。　　临流更把同心结，情哽咽，后会何时节。不堪回首，相望已隔汀洲，橹声幽。

送君南浦：出自南朝梁江淹《别赋》："送君南浦，伤如之何？"　　粉檀句：眼泪和脂粉混合。

赏析

　　送君千里，终须一别。千般不舍，同心结是对伤情的安慰。然而如此伤情，实乃已知后会何时节？描摹别绪，入木三分，使人诵之，黯然魂销。深情绵渺，以此结束《花间集》，可谓珪璧相映。